EXAMEN

DES

JUGEMENTS RÉCEMMENT RENDUS

SUR J. J. ROUSSEAU.

EXAMEN

DES

JUGEMENTS RÉCEMMENT RENDUS

SUR J. J. ROUSSEAU;

PAR V. D. MUSSET-PATHAY.

PARIS,

IMPRIMERIE DE GAULTIER-LAGUIONIE,

RUE DE GRENELLE SAINT-HONORÉ, N° 55.

1825.

« La commode méthode que suivent toujours ces messieurs « contre moi ! S'il leur faut des preuves, ils multiplient les asser « tions, et s'il leur faut des témoignages, ils font parler des qui « dams. »

OEuvres de J. J. Rousseau, édit. de Dupont, t. VI, p. 281. Lett. IV, *écrite de la Montagne*.

EXAMEN
DES JUGEMENTS
SUR J. J. ROUSSEAU.

Avant de mettre sous les yeux du lecteur ces jugements *singuliers* [1], il est nécessaire de faire quelques observations générales.

Il y a, dans les discussions pareilles à celle qui nous occupe, des principes prescrits par le bon sens, la probité, l'amour de la justice, et que, pour cette raison, on suppose toujours admis, sans qu'il soit besoin d'en parler; mais, quand on les oublie d'un côté, ne faut-il pas les rappeler de l'autre?

Ainsi, quand on accuse, quand on diffame, on est tenu de donner les preuves du fait, ou de nommer ses autorités; une *délation* anonyme est proscrite de droit, repoussée avec mépris, et celui qui la fait, un lâche. Invoquer un témoignage de cette espèce, quand on sent que le sien ne suffit pas, c'est un aveu tacite de la faiblesse de sa cause, c'est exposer sa bonne foi.

Quelque différence qu'il y ait dans l'opinion, parmi les gens de lettres, ils peuvent s'entendre

[1] On va bientôt voir que l'expression est modérée.

sur un fait, s'ils ne sont pas d'accord sur les conséquences qu'on en doit tirer; mais leur devoir est de ne jamais dénaturer ce fait. Rien ne serait plus digne de mépris que l'écrivain qui, mentant à sa conscience, diffamerait par esprit de parti.

Les ennemis de Rousseau qui vécurent de son temps, ayant avec lui des rapports, durent être plus passionnés que ceux qui ne le connurent point et qui ne vinrent qu'après eux. On conçoit les haines héréditaires qui passent des pères aux enfants et, par ceux-ci, à la génération qui les suit. Cet héritage n'augmente point; il est légué, recueilli et transmis *in statu quo ;* car on n'exhume point les morts pour les calomnier, et l'on n'ouvre point les tombeaux.

Les contemporains de Rousseau qui furent ses ennemis particuliers étaient Grimm, Diderot, d'Holbach, Marmontel, Suard, d'Alembert. Trouvant avec raison que Jean-Jacques disait assez de mal de lui, leurs partisans se contentèrent de ses aveux, n'imaginant pas que, lorsqu'il s'accusait d'avoir volé un ruban et calomnié une pauvre fille, il leur fût possible de faire croire que le ruban était un couvert d'argent, parce qu'étant plus près que nous ne le sommes de l'événement, ils auraient craint que l'imposture ne fût révélée. On conviendra sans peine qu'ils durent faire les recherches les plus soigneuses pour découvrir quelque *vilenie* de Rousseau, et, malgré l'ingénieuse activité de leur haine, ils ne purent rien trouver qui approchât de son propre témoignage. En prendre acte, le commenter, taxer de cynisme et d'effronterie la courageuse résignation avec laquelle il s'accusait; telle fut la marche qu'ils suivirent, retenus encore par une sorte de pudeur qui les forçait à se renfermer dans une sphère de conjectures où la vérité ne fût pas ouvertement outragée; se *retranchant* derrière les intentions qu'ils supposaient à Jean-Jacques, ils l'accusèrent d'hypocrisie. On peut toujours, et sans jamais en finir, argumenter sur des intentions, du moment où l'on admet que l'expression du sentiment qui détruit celles qu'on met à leur place est simulée, et que le fait peut avoir un motif tout-à-fait contraire à celui dont il découle. La haine, quand elle est adroite, ne sort pas du cercle des vraisemblances; on serait tenté de croire que (par rapport à Rousseau) elle a résisté à la loi commune, et bravé le temps qui altère, use, mine et consume; seulement le nombre de ceux qui éprouvent cette passion est moindre qu'il n'était.

Il y a entre les Génevois et les Français qui sont ennemis de Rousseau une différence dans la cause, l'origine ou les motifs de leur haine, qu'il importe de faire remarquer.

Je mets de côté les *haines du métier* : celle des prêtres, par exemple, parce qu'elles sont un *devoir* : sans cela M. l'abbé de L. M., qui écrit comme Rousseau, conviendrait qu'il le lit et qu'il en profite.

La classe des compatriotes de Jean-Jacques qui le hait, et dont le sentiment se transmettra longtemps, d'âge en âge, sans s'affaiblir, se compose en général des familles qui formaient, en 1754, le conseil supérieur. Elles n'ont ni cherché à le rendre méprisable, ni même énoncé le motif de leur haine; mais leur conduite l'a fait deviner; c'est une lutte entre l'orgueil et la fierté; l'origine en est dans cette sublime dédicace du *Discours sur l'inégalité des conditions*. Rousseau croyait honorer sa patrie; mais il offensait la portion la plus influente de la république, qui voulait être distinguée dans les hommages adressés à ce gouvernement démocratique [1]. Elle se vengea, mais sans avilir son ennemi, sans fouiller dans une source impure : elle condamna ses ouvrages, sans toucher à l'auteur.

Les Français [2], au contraire, qui doivent à Jean-Jacques une partie de leur gloire littéraire, ont traîné l'auteur dans la boue : ils ont dit : Cet homme, dont nous ne pouvons contester le talent, fut un voleur, un lâche, un imposteur, un infame, un ingrat, un hypocrite de vertu; il eut les vices les plus bas et le front d'en faire l'aveu [3]; l'esprit de parti s'empara de l'auteur d'*Émile*, comme d'un bouc émissaire qu'il fallait sacrifier; il imposa l'obligation de le calomnier : ce fut et c'est encore une loi à laquelle il faut obéir, sans l'avoir lu, sans l'avoir compris, et son nom seul est un anathème.

La discussion devient fastidieuse quand ceux

[1] M. Eymar, qui a fait une étude particulière des ouvrages de Rousseau, nous apprend cette particularité dans un des écrits qui précèdent cet examen.

[2] Je parle seulement des ennemis de Rousseau.

[3] On verra qu'il n'y a pas un mot de trop dans cette énumération, et que je n'exagère pas.

avec lesquels on la soutient lisent ou comprennent, de manière à ce qu'il faut toujours la recommencer; ce qui arrive toutes les fois qu'ils répètent l'assertion primitive et vous y ramènent, ne tenant aucun compte de tout ce qu'on a dit pour en démontrer la fausseté.

C'est d'après cette remarque qu'il est nécessaire de bien faire apprécier l'ouvrage où l'on puise une partie des imputations faites à Rousseau, c'est-à-dire les *Mémoires de madame d'Épinay*; nous en avons fait l'examen, en les considérant sous le rapport du degré de certitude auquel ils ont droit; ils se composent d'un *Journal*, *de lettres*, de fragments, de *portraits*, de *scènes dialoguées*, le tout par différents auteurs; Grimm, possesseur de ces diverses pièces, en caractérise l'ensemble d'*ébauche d'un long roman.* Tous les personnages mis en action ont des noms supposés : l'éditeur a rendu aux principaux leurs noms véritables; il a métamorphosé l'*ébauche d'un long roman* en un ouvrage auquel il a donné le titre de *Mémoires de madame d'Épinay.* Car ni cette dame, ni Grimm, héritier de ces matériaux, n'ont donné de titre; et le dernier, après les avoir possédés pendant plus de vingt ans, sans les publier, les a laissés sans en tirer aucun parti, pour réhabiliter sa réputation, compromise dans les *Confessions* de Rousseau.

On voit d'après ce court mais véridique exposé que les prétendus *Mémoires* de madame d'Épinay ne doivent point être assimilés aux véritables *Mémoires historiques;* qu'ils en diffèrent essentiellement; que le personnage le plus intéressé à leur publication ne les qualifie que d'*ébauche d'un long roman;* conséquemment que, leur certitude étant affaiblie par toutes les circonstances que nous venons de rapporter, ils ne peuvent former une autorité qu'on soit obligé de reconnaître, puisqu'ils ne réunissent point les conditions exigées. Nous omettons une question devenue inutile d'après ces observations, puisqu'elles décident du degré de confiance que méritent ces prétendus mémoires. Cette question serait relative à madame d'Épinay, en supposant qu'elle les eût elle-même publiés dans l'état où nous les connaissons : personnellement intéressée dans un ouvrage fait pour se justifier (but manqué totalement), elle ne pourrait que faire naître des doutes et de la méfiance.

Les *Confessions*, au contraire, sont de véritables mémoires, dont toutes les parties coordonnées entre elles offrent une série non interrompue de faits qu'on n'a point et qui ne pouvaient être révoqués en doute.

En supposant que, pour découvrir la vérité sur les récits et de Jean-Jacques et de madame d'Épinay, l'on n'eût que leur témoignage, le premier, lorsqu'il n'est point d'accord avec la seconde, aurait plus de droit que celle-ci à la confiance du lecteur, parce qu'il réunit plus de conditions pour arriver à ce résultat, ses mémoires n'étant point composés d'une réunion de pièces de plusieurs personnages sous des noms empruntés.

Mais, et nous l'avons prouvé [1], les faits rapportés dans les *Confessions* sont confirmés par la *Correspondance*, par des rapprochements, par d'autres témoignages que celui de Rousseau, avantage qui manque à l'*ébauche d'un long roman.*

Citer les *Mémoires de madame d'Épinay* comme une véritable source historique, c'est une hasardeuse témérité; c'est procéder avec une légèreté singulière, car nous repoussons, comme inadmissible, le soupçon de mauvaise foi, dans ceux qui s'appuient sur ces mémoires.

Dans d'autres on trouve des inexactitudes qui paraissent indifférentes, mais qu'il n'est pas inutile de faire remarquer.

Le rappel d'une date, un simple rapprochement, suffisent quelquefois pour les découvrir, et convaincre un historien d'erreur. Par exemple, l'auteur des *Mémoires historiques sur le dix-huitième siècle* (tom. I, pag. 274), après avoir donné des vastes entreprises de M. Panckoucke une idée assez juste, s'il ne lui prêtait une influence imaginaire, et s'il n'en faisait un prince [2], entre dans des détails

[1] Dans l'*Histoire de J. J. Rousseau.* L'on n'a ni contesté ces rapprochements, ni blâmé la marche suivie, ni réfuté les conséquences; ce qu'il aurait fallu faire cependant. Mais on a procédé comme si l'on ne connaissait point cet ouvrage, ou comme s'il n'existait point, quoiqu'on le citât; et l'on a reproduit dans leur primitive *simplicité* toutes les accusations qu'on y démontre être *calomnieuses.* C'est toujours à recommencer, jusqu'à ce qu'enfin on réponde à ces démonstrations.

[2] L'auteur (pag. 274), en parlant du succès des entreprises de M. Panckoucke, s'exprime ainsi: « On croit assister à la naissance d'une « de ces maisons de l'Italie, dont la souveraineté commença par des « comptoirs. »

entièrement de son invention. « La voiture de « M. Panckoucke, dit l'historien du siècle de Suard, « était souvent rencontrée sur la route de Montmo- « rency allant chez Rousseau; de Montbart[1] chez « Buffon, de Ferney chez Voltaire; et comme les « œuvres de ces immortels écrivains étaient deve- « nues des affaires d'état, de leurs retraites, sa « voiture le portait chez les ministres du roi, à « Versailles, qui le recevaient comme un fonc- « tionnaire ayant aussi un porte-feuille. » Je n'examinerai point le singulier rôle que M. Garat fait jouer à son ami, qu'il suppose allant de chez Voltaire ou Rousseau rendre compte aux ministres des travaux de Rousseau ou de Voltaire, parce qu'heureusement pour M. Panckoucke, l'erreur de M. Garat peut être matériellement démontrée.

En effet, Rousseau sortit le 9 juin 1762 de Montmorency pour n'y plus revenir, et M. Panckoucke, de Lille en 1764; il était difficile de rencontrer en 1762 la voiture du second, qui n'en avait point alors, et demeurait à Lille, allant chez le premier. Une lettre de Jean-Jacques, datée du 12 février 1764 de Motiers, et adressée à M. Panckoucke, prouve que ce dernier consultait Rousseau sur le projet qu'il avait de s'établir à Paris; Rousseau l'exhorte à l'exécuter, regardant ce *projet comme un moyen presqu'assuré de parvenir à la fortune.*

[1] Sur celle de *Montbard allant chez Buffon*, était une tournure de phrase trop naturelle apparemment, et trop claire, quoique ce soit la seule route sur laquelle M. Garat aurait pu rencontrer la voiture de M. Panckoucke, dont l'épouse, femme aimable et spirituelle, alla, sur la prière de Buffon, faire les honneurs de Montbard.

Nous tâcherons, dans cette revue, de concilier autant que possible le sentiment des convenances et la vérité. Nous appellerons *erreur* ce que le père *Cajot* [1], qui attaqua Rousseau corps à corps, et dont personne ne se souvient, aurait traité de mensonge. Quand les faits sont des accusations odieuses sans aucune preuve, ils mériteraient le nom de *calomnie*: mais un critique, même injuste, peut être de bonne foi. Nous avons le droit, preuves en main, de démentir les assertions, mais non pas de supposer un manque de sincérité. Nous n'avons point le talent de ces messieurs : on sait, sans qu'il soit besoin de le dire, de quel côté sont la force, la puissance et tout ce qui en impose aux hommes [2]. Nous n'appelons point à notre secours cet esprit de coterie à qui tant de mauvaises causes doivent un triomphe plus ou moins long, mais heureusement *jamais* durable; cet esprit de coterie, pour qui tous les moyens sont bons, et qui se

[1] D. Cajot, bénédictin, auteur des *Plagiats de J. J. Rousseau*, 1766, in-12.

[2] On n'exige pas encore la signature d'un formulaire contre Rousseau, comme on l'a fait à l'égard du fameux évêque d'Ypres, qui mourut sans se douter de son immortalité, ni du bruit, ni du bien, ni du mal qu'il ferait ou plutôt dont il devait être la cause, puisque c'est bien moins à son livre qu'aux interprétations sur ce livre, qu'il doit sa célébrité. Il fallait le condamner pour être bien pensant. On a suivi le même système envers Jean-Jacques. Il n'était pas présumable qu'un ambitieux qui a son chemin à faire passât devant une occasion aussi facile de faire ce chemin, avec le dédain qu'elle mérite : c'est-à-dire que, se trouvant à même de donner une preuve de l'excellence de ses opinions sans frais ni coût, sans se baisser, comme on dit, il ne le fît pas. Mais on aura toujours droit de s'étonner que les hommes se contentent d'une démonstration aussi équivoque.

sert de toutes les armes. Nous n'en avons qu'une, nous n'en voulons point d'autre.

I. *Imputations* de l'auteur de l'ouvrage intitulé: *Paris, Versailles et les provinces.* — Il n'est besoin ni d'esprit, ni de génie pour attaquer avec succès un homme de génie et d'esprit, quand il mérite des reproches. Le bon-sens suffit, et lorsqu'on a raison, lorsqu'on se rend l'organe de la vérité, elle supplée au talent et même en donne à celui qui veut la faire connaître. Mais alors on consulte ce bon sens; on l'écoute, on le suit et l'on marche.

Ainsi, par exemple, quand on accuse Rousseau d'un fait qui le déshonore, on doit éviter soigneusement toute circonstance qui prouve évidemment que le fait est faux, et l'imputation calomnieuse. C'est même une grande maladresse, que de négliger les recherches qui empêcheraient de commettre cette faute. Cependant elle est beaucoup plus commune qu'on ne le croirait.

Voici ce qu'on lit dans un des recueils d'un grand compilateur d'anecdotes[1]. « M. de Montaigu, qui « avait servi dans les gardes-françaises, ayant appris « à Venise que M. le duc de Biron venait d'être « élevé à la dignité de maréchal de France, et voulant lui en faire compliment, ordonna à Rousseau, son secrétaire, de lui faire, pour son ancien « chef, une lettre telle qu'elle convenait de la part « de celui qui avait eu l'honneur de servir sous ses « ordres, et qui, par ses fonctions actuelles, se trou-

[1] *Paris, Versailles et les provinces*, 3 volumes in-8°, 1723, t. 1, pag. 178.

« vait, en quelque sorte, rapproché de lui; soit que « Rousseau se laissât dominer par les idées serviles « de la carrière qu'il avait parcourue jusqu'alors [1], « soit qu'il n'écoutât que le caprice de son imagi- « nation, il composa la lettre la plus soumise, la « plus basse, et vint la présenter à la signature de « l'ambassadeur, qui, après l'avoir lue, la déchira, « en le grondant fort de son ineptie, et lui en de- « manda une autre plus digne de son caractère pu- « blic. Rousseau fit une seconde lettre, mais si haute, « si impertinente, que, bien loin de l'admettre, « M. de Montaigu s'emporta, et renvoya l'auteur « comme un homme dont il était impossible de « faire quelque chose. »

Quelques rapprochements de dates faciles à faire suffisent pour apprécier la véracité du conteur. M. de Montaigu, nommé ambassadeur à Venise, se rendit dans cette ville, au commencement de l'année 1743: il fut rappelé pour *ses inepties*, à la fin de 1745. Le duc de Biron fut fait maréchal de France le 24 février 1757, pendant que Rousseau était à l'Ermitage, chez madame d'Épinay. Ce serait donc *treize ans* avant cette époque que M. de

[1] Rousseau avait été en 1729, c'est-à-dire à 17 ans, laquais chez madame de Vercellis pendant trois mois, puis autant chez M. de Solar. C'est sans doute ce que le conteur d'anecdotes veut dire par la carrière et les *idées serviles*. De 1730 à 1743, époque dont il est question, et depuis, il ne fut au service de personne; ainsi il y avait treize ans qu'il avait quitté la carrière aux idées serviles, dans laquelle il n'était resté que six mois. Telles sont l'exactitude et la bonne foi du conteur. Les idées serviles de Rousseau! Elles ont sans doute dicté l'*Émile*, le *Contrat social*, le *Discours sur les lettres*, celui *sur l'inégalité des conditions*, etc.

Montaigu lui aurait écrit pour le complimenter! Il y a mieux; c'est que le duc de Biron ne fut fait colonel des gardes-françaises que le 26 mai 1745, pour s'être distingué à la bataille de Fontenoy (11 mai). M. de Montaigu, qui avait quitté, en février 1743, le régiment des gardes-françaises, pour être ambassadeur, n'a donc jamais servi sous M. de Biron, colonel de ce régiment[1]. Le bon sens ne prescrivait-il pas à l'auteur de s'informer au moins des dates, de savoir celle de la promotion de M. de Biron?

L'historien raconte encore que M. de Montaigu, assistant au *Devin du village*, s'écria, lorsqu'on lui en nomma l'auteur; *Quoi! cet imbécile!* puis il ajoute: « Il ne se doutait guère que cet imbécile « occuperait sous peu un premier rang dans la lit- « térature. » Cette anecdote fait supposer que Rousseau n'était point connu avant le *Devin du village*; or le fameux discours était couronné depuis près de trois ans. En supposant que l'ambassadeur eût assisté à la première représentation du *Devin*, au 1er mars 1753, ce que ne dit point l'auteur, il y avait neuf ans que Rousseau était revenu de Venise; l'ambassadeur suivit son secrétaire à quinze ou dix-huit mois de distance, époque où parut le *Devin du village*.

L'historien qui fait des portraits à peu près

[1] Et c'est un ancien officier aux gardes-françaises qui nous fait de pareils contes! M. Dugas de Bois-Saint-Just, auteur de *Paris, Versailles et les provinces!* On est heureux de ce que la nature des faits a permis de trouver des dates précises. Une promotion de maréchaux de France, la nomination de colonel des gardes-françaises

comme il écrit l'histoire, a fait celui de Rousseau, dans lequel je trouve *ce coup de pinceau :* « Rousseau devint dissimulé, par crainte de manifester « les reproches de sa conscience, et atrabilaire, par « le sentiment pénible de son infériorité. » Ce qui n'empêche pas le peintre d'ajouter que Rousseau, dans ses *Confessions*, dévoile la turpitude de son ame, et qu'il était *vain* et *orgueilleux*, en dépit du *sentiment pénible de son infériorité.* Comment concilier ce langage avec ce que l'auteur a dit plus haut que Jean-Jacques *occupait un premier rang ?*

Enfin il ne manquait plus, pour achever Rousseau, que de l'accuser d'une imposture gratuite, invraisemblable et sans excuse. L'historien, *ayant mis un intérêt réel à s'informer des mœurs de madame de Warens et de la nature de ses liaisons* avec Jean-Jacques, a découvert qu'elle avait toujours mené une vie exemplaire, et que Rousseau, pour prix de l'hospitalité qu'il en avait reçue, lui vola son herbier, son argent, et décampa. L'historien, familier avec les anachronismes, dit, pour faire croire à la vertu de madame de Warens, qu'elle avait cinquante ans, quand elle reçut Rousseau. Comme elle était née en 1701, il se trouve que Jean-Jacques ne l'aurait connue qu'en 1751, c'est-à-dire un an après avoir été couronné par l'académie de Dijon, et précisément à l'époque où les preuves de tout genre abondent, pour constater le séjour non interrompu de Rousseau, soit à Paris, soit

sont constatées. Mais si M. l'officier aux gardes-françaises eût parlé de faits obscurs, impossibles à vérifier, quel eût été notre embarras ?

dans la vallée de Montmorency, pendant un espace de douze années[1]. On a honte de réfuter sérieusement tant de sottises : mais on se croit obligé de le faire quand on sait qu'un homme de lettres les avait laissées dans la réimpression de cet ouvrage, dont l'édition lui était confiée.

Passons au biographe de M. Servan.

II. *Notice sur M. Servan.* — M. de Portetz, professeur-adjoint à l'école de droit, vient de publier une notice sur Servan, placée en tête de l'édition des œuvres de ce célèbre avocat-général. Nous pourrions en passant rappeler la versatilité du magistrat qui rechercha Rousseau, l'admira[2], puis écrivit contre lui ; loua tour-à-tour et dénigra Mirabeau, se plongea ensuite avec enthousiasme dans le baquet de Mesmer.... Mais cette manière de raisonner, si commune aujourd'hui, ne prouve rien parce que celui contre lequel on s'en sert a pu être de bonne foi. Un reproche doit être examiné sans qu'il soit besoin de voir si celui qui le fait a droit de le faire.

Nous avons ailleurs répondu à l'accusation de Servan[3] ; occupons-nous de celle de l'éditeur de ses Œuvres, qui a renchéri sur le magistrat.

Voici dans quels termes il s'exprime :

[1] C'est en 1823 que le conteur nous rapporte toutes ces billevesées, sans penser que, bien avant lui, l'on avait fait avec haine et envie toutes les recherches les plus actives, les plus soigneuses, pour faire de pareilles découvertes, et toujours sans résultat.

[2] Voyez les preuves de l'admiration de Servan pour Rousseau, et les plaisanteries de celui-ci sur cette admiration, tom. 1, pag. 270 de ce recueil, lettre 119 à M. Servan, conservée et publiée par M. de Portetz.

[3] Tom. 1.er de ce recueil, chap. VI du supplément.

« Ce Génevois, dont les hommes n'ont *peut-être* dit tant de bien que parce qu'il leur a rendu justice en disant d'eux beaucoup de mal, avait payé par des insultes l'hospitalité reçue à Grenoble, et calomnié M. Bovier, l'un de ses plus respectables habitants, comme il avait calomnié M. Hume, madame de Warens et *presque* tous ceux qui avaient eu la témérité de l'approcher. »

Peut-être et *presque* feraient présumer que M. de Portetz n'est pas bien sûr de son affaire. Nous allons cependant raisonner dans la supposition que le critique sait ce qu'il veut dire et qu'il croit à ce qu'il dit.

Séduit par l'éclat d'une antithèse plus brillante que juste, il n'a pas réfléchi sur la pensée qu'il exprimait avec tant d'élégance; autrement il aurait senti qu'il n'est pas possible que nous disions beaucoup de bien de quelqu'un précisément parce qu'il aurait dit beaucoup de mal de nous. La fausseté de la pensée l'a entraîné à l'erreur dans les faits. On a reproché à Rousseau d'avoir divulgué la conduite de madame de Warens, mais non de l'avoir calomniée. Rousseau n'a jamais rien écrit *contre* Hume; il écrivit *à* Hume, qui fit imprimer sa lettre avec des notes et des commentaires. Il n'a ni diffamé M. Bovier, ni payé par des insultes l'hospitalité reçue à Grenoble. La fausseté de ces faits a été démontrée[1], et, pour être répétés avec légèreté, sans examen, ils n'en deviennent pas plus vrais. Du reste, en nous emparant de la tournure dont se sert M. le

[1] Chap. VI du supplément.

professeur, nous pourrons convenir que les premiers faits qu'il expose au commencement de sa période sont aussi certains que ceux par lesquels il la termine, *et vice versâ;* c'est-à-dire que Rousseau calomnia M. Bovier, *comme* il avait calomnié M. Hume et madame de Warens : ou bien il calomnia madame de Warens et David Hume, *comme* il avait calomnié M. Bovier. Voilà bien des calomnies, mais ce n'est pas notre faute.

« On ne trouve, (c'est M. de Portetz qui parle) « on ne trouve dans la plupart des paradoxes de « Rousseau que la contre-épreuve de vieilles er- « reurs rajeunies par les prestiges d'un coloris dont « il n'a pas communiqué le secret. C'est ainsi que, « dans ses discours sur l'inutilité des sciences et « l'inégalité des conditions; dans *Émile* et le *Contrat* « *social*, il n'a *guère* fait que remanier Montaigne, « Bodin, Hobbes, Jurieu, etc. » Le critique ferait *beaucoup* s'il pouvait démontrer ce *remaniement*. Il enseigne probablement tous les jours qu'il ne faut jamais mettre en avant une assertion sans en avoir la preuve. La Harpe était embarrassé de classer *Émile*, qu'il appelait un chef-d'œuvre: que dirait-il s'il savait que ce n'est qu'un remaniement?

« Pusillanime, dit M. de Portetz, contre des « dangers qu'il aurait dû mépriser; audacieux à la « vue de ceux qu'il aurait dû craindre, Jean-Jac- « ques appréhendait tout pour sa personne et rien « pour sa réputation. »

L'antithèse est bien, mais c'est aux dépens du jugement et de la vérité: du jugement, car l'audace, à la vue des dangers véritables, exclut toute pusillanimité: de la vérité, car il n'est pas possible de s'en écarter davantage, et de prononcer une assertion plus opposée au fait. C'est la crainte d'être mal jugé par la postérité qui fit le tourment de Rousseau pendant les dernières années de sa vie: c'est cette crainte qui lui mit la plume à la main, pour écrire ses *Confessions*, et faire un appel à cette postérité dont il espérait plus de justice que ne lui en avaient rendu la plupart de ses contemporains.

« Il appréhendait tout pour sa réputation, et « rien pour sa personne. » En retournant ainsi la phrase du critique, en disant tout le contraire de ce qu'il dit, on rencontre une vérité rigoureusement exacte. Continuons.

« Rousseau recule devant des périls imaginaires, « des embûches contre sa vie, qui n'existent que « dans son esprit et dans ses *Confessions;* par des « allégations *peut-être* aussi vaines que superflues, « il donne *sciemment* contre un écueil où son hon- « neur devait échouer et se perdre. »

Le critique n'est pas encore sûr de son fait, et le *peut-être* fait conclure de cette phrase et de la précédente, dont elle n'est que le développement, que toutes les deux contiennent une allégation aussi vaine que superflue, si l'on peut s'exprimer ainsi[1].

[1] Le mot *allégation* a deux sens. « C'est la citation d'une autorité, « d'un passage, d'une loi : ou la simple proposition d'une chose qu'on « met en avant. » (Dictionnaire de l'académie, dictionnaire de Trévoux.) En prenant le mot dans le second sens, le seul qu'on puisse lui donner ici, les *Confessions* seraient pleines de propositions superflues : ce qui ne veut pas dire qu'elles soient fausses. Superfluité

Il est difficile de concevoir qu'on puisse donner sciemment contre un écueil, quand on sait qu'on doit s'y perdre.

« Rousseau n'est lui-même que par le style. » C'est quelque chose pour ceux qui se rappellent ce que Buffon, qui s'y connaissait, a dit du style et de l'homme.

« Comment l'ingratitude, qui serait odieuse dans « un homme obscur, a-t-elle pu quelque temps « paraître au moins tolérable dans un homme cé- « lèbre? » La réponse est facile: c'est que, comme elle n'est nullement prouvée, elle n'a pas eu besoin d'être tolérée.

« Toujours l'opinion a, par ses mépris, fait jus- « tice de la bassesse, qui, ne cherchant à obtenir « la confiance qu'afin de la trahir, vend pour de « honteux emplois, ou pour un peu d'or, les secrets « d'un ami. » Quel rapport cette réflexion, faite à propos de Jean-Jacques, a-t-elle avec Rousseau? A-t-il eu des emplois, et même un peu d'or? « Et « parce qu'un écrivain aurait trouvé dans son ta- « lent le moyen de tout faire écouter, il aurait le « droit de tout dire! » Et qui prétend cela?

Le critique rapporte des fragments de lettres de Voltaire à M. Servan, dans lesquels il traite Rousseau de *polisson*. « Cet inconcevable fou, ajoute-t-il, « qui a fait je ne sais quel *Émile*, descend en droite

est surabondance. En fait de discussion, c'est ajouter à ce qui est démontré des preuves inutiles. Le critique ayant signalé dans la notice en question les *Confessions* comme *pleines de calomnies*, ce sont ses expressions, il suit d'après les définitions du mot dont il se sert, qu'il dit ici le contraire de ce qu'il a voulu dire.

« ligne du chien de Diogène. Vous lui faites bien de « l'honneur de prononcer son nom. » M. de Portetz a l'attention de faire remarquer « qu'il ne cite pas « précisément ces passages comme un modèle de « politesse. » On peut opposer aux torts de Voltaire, des chefs-d'œuvre, d'impérissables monuments, une gloire incontestée.

III. Passons à la *Biographie universelle*. Au grand nombre d'articles dans lesquels Jean-Jacques est attaqué, nous serions tentés de croire qu'on a fait un appel, donné le mot d'ordre, et signalé l'auteur d'*Émile* comme un brigand contre lequel il fallait, pour le frapper, profiter de toutes les occasions, et même en faire naître quand elles tardaient trop à se présenter. Mais c'est plus particulièrement la *Notice* sur Rousseau qui doit nous occuper. Nous allons la parcourir, en suivant l'ordre observé par M. de Sevelinges, auteur de cette notice.

1° *Fuite de Genève.* — « Rousseau s'évade de Ge- « nève pour courir après la fortune, et s'arrête à « Annecy. » Il ne s'évade nullement; il veut, au contraire rentrer dans sa ville natale, d'où il était sorti pour se promener. « Il entend sonner la retraite : il double le pas : il court à toutes jambes : il arrive essoufflé, tout en nage : son cœur bat : il crie d'une voix étouffée : il était trop tard : à vingt pas il voit lever le pont. Dans le premier transport de sa douleur il se jette sur le glacis et mord la terre. » Voilà certes des préparatifs d'évasion d'un nouveau genre. Le désespoir de Jean-Jacques était causé par l'idée des traitements cruels qui l'attendaient chez un maître brutal. Il jura de n'y jamais retourner, et ne rentra point dans la ville. Tous ceux qui ont lu les *Confessions* savent ces particularités; mais avec M. de Sevelinges on ne sait plus rien. Quelles sont ses autorités? Les *Confessions* : il déclare les *avoir prises pour guide en ce qui concerne les faits*. On vient de voir comme elles l'ont *guidé pour le fait d'évasion*. On en verra bien d'autres [1].

2° *Vol du ruban.*—Le lecteur connaît ce récit (*Confessions*, liv. II), dans lequel Rousseau s'accuse sans ménagement. Il vole un ruban *couleur de rose et argent*, *déjà vieux*, et calomnie une *jeune maurienoise* sur le compte de laquelle il met ce vol.

Après avoir rapporté ce fait, M. de Sevelinges trouve moyen, ce qui paraissait difficile, de charger Jean-Jacques plus qu'il ne le fait lui-même. « Des renseignements toutefois, dit-il négligem-« ment, *pris depuis long-temps*, sur les lieux mêmes, « ont fait *présumer* que ce vieux ruban était un « couvert d'argent; selon d'autres versions, c'était « un diamant. » Voilà des renseignements bien positifs qui font *présumer* aux uns qu'il est ques-

[1] C'est un phénomène curieux et digne d'attention que celui que présente le biographe. *Il prend pour guide les Confessions en ce qui concerne les faits*. Ce sont ses expressions, et je ne crois pas qu'il y puise un fait sans le *dénaturer*, soit par *omission* ou par *addition*; c'est-à-dire qu'il omet ce qui explique ou justifie l'aveu de Rousseau, ou, par une interprétation gratuite, il ajoute une intention qui rend la faute beaucoup plus grave, et Jean-Jacques beaucoup plus coupable. Et n'oublions pas qu'aucun de ces faits n'eût été connu sans ces aveux qu'on mutile et qu'on torture indignement!

tion d'un couvert d'argent, aux autres, d'un diamant ! et ces renseignements *pris depuis long-temps* ont été *pendant long-temps* ignorés, puisqu'on ne les rend publics que quatre-vingt-seize années après l'événement [1].

« Comment concevoir en effet, ajoute M. de Sevelinges, que dans une des premières maisons « de la cour de Sardaigne, *on convoqua* une assemblée nombreuse pour *ouvrir une enquête* « *solennelle* sur le sort d'un vieux ruban ? » Doucement, ce n'est point cela. On ne *convoqua point l'assemblée*, on fit venir Marion, d'après l'accusation de Rousseau, et sur-le-champ, et au milieu de cette assemblée, qui était en effet nombreuse, mais non convoquée pour *ouvrir une enquête solennelle sur le sort du ruban.* Le sort de ce ruban était connu : on le tenait ; c'était pour savoir qui l'avait dérobé de Jean-Jacques ou de Marion. « Dans le tracas où l'on était, dit Rousseau, « l'on ne se donna pas le temps d'approfondir la « chose. On nous renvoya tous les deux. » Est-il permis de croire qu'on eût mis cette indifférence s'il eût été question d'un diamant ? Rien ne fait présumer que la maison de Vercellis fût des *premières de la cour de Sardaigne :* je soupçonne cette petite circonstance, qui n'aggrave pas le délit, imaginée pour rendre l'assemblée plus imposante ; et la possibilité d'avoir des renseignements, plus vraisemblable.

[1] Le fait s'est passé en 1729, et M. de Sevelinges publie ses *présomptions* en 1825.

Rousseau, bien moins coupable de vol que de calomnie dans cette affaire, dit « Qu'il n'a jamais « pu prendre sur lui de décharger son cœur de « cet aveu, dans le sein d'un ami ; que la plus « étroite intimité ne le lui a jamais fait faire à per- « sonne : que tout ce qu'il a pu faire a été d'a- « vouer qu'il avait à se reprocher une action atroce, « mais sans dire en quoi elle consistait. » Ce langage est conforme à celui que tient Grimm dans sa correspondance, lorsqu'il dit que Jean-Jacques avouait qu'il avait commis un crime, mais sans le désigner. On ne l'a donc su que de lui, et lorsque les *Confessions* furent imprimées ; c'est-à-dire plus d'un demi-siècle après l'événement, car je ne suppose pas qu'il soit possible de prendre des renseignements sur un fait dont on n'a jamais entendu parler, et même dont on a nulle idée. Cependant il y a des choses aussi extraordinaires dans la notice de M. de Sevelinges.

3° « Pour toute reconnaissance, Rousseau dés- « honore madame de Warens en léguant le récit « de ses faiblesses à la postérité. » Ne dirait-on pas qu'il n'est question de madame de Warens que sous ce rapport, et que la reconnaissance de Rousseau ne consiste que dans la diffamation de sa bienfaitrice ? et la description de ses nombreuses qualités, de la bonté de son caractère, de sa générosité, qui faisait qu'elle n'avait rien à elle, de la sûreté, de l'amabilité de son commerce; et les secours qu'il lui avait fait passer à diverses époques, et donton retrouve les preuves dans la lettre conservée par madame de Warens.... tout cela est comme non advenu pour M. de Sevelinges.

4° Quatrième inexactitude. Lorsqu'il revint à Annecy, et qu'il n'y trouva pas madame de Warens, le biographe dit que *l'idée vint à Rousseau d'aller à Lausanne, de s'y dire de Paris, et d'y enseigner la musique*. Ce n'est point cela. Il reste quelque temps à Annecy. C'est alors qu'il fait avec mesdemoiselles Graffenried et Gallay ce pélerinage de Thoune qu'il décrit avec tant de charmes. On le charge ensuite de conduire à Fribourg la Merceret, servante de madame de Warens. Ce fut au retour qu'il vint à Lausanne *uniquement pour se rassasier de la vue du beau lac*; c'est en approchant de cette ville que, *rêvant à la détresse* où il allait s'y trouver, l'idée lui vint d'y enseigner la musique. Mais il n'était point parti d'Annecy, avec ce projet.

M. de Sevelinges a le courage d'extraire des *Confessions* le fait bien sec, réduit à sa plus simple expression, et par là très-souvent dénaturé, parce que, dépouillé de ce qui le précède ou l'amène et de toutes les circonstances qui l'accompagnent, ce n'est plus le fait qu'on a lu. Heureusement cette méthode n'ôte pas l'envie de recourir au récit de Rousseau; et c'est un parallèle que j'engage à faire pour juger les intentions du biographe. Par exemple, lorsque ce dernier raconte « Que madame de « Warens, craignant pour Rousseau la séduction, « emploie, pour l'en garantir, un moyen dont il a « eu depuis la lâche ingratitude de faire confidence

« au public. » Il faut lire dans les *Confessions* les détails de cette *lâche ingratitude.*

Pourquoi passer sous silence le motif noble, généreux qui lui fit *brûler l'étape de Saint-Andéol*, et remporter la victoire sur son penchant? ah! pourquoi? c'est qu'il ne faut pas que Jean-Jacques ait eu une seule fois un bon sentiment, ait fait une seule action louable, dans le cours de sa vie. C'est du moins ce qui résulte de la notice du biographe. Il est, sur le bien, sur ce qui pourrait être avantageux à Rousseau, d'une discrétion remarquable. Le plus grand criminel a eu au moins un bon mouvement dans sa vie. Jean-Jacques aucun!

Il y a mieux, on en fait un ignorant, sans songer que c'est rendre inexplicable son talent qu'on n'ose encore contester. « Il ne fait point de pro-« grès dans les sciences; rougissant de ne posséder « que fort peu de latin, il se met à l'étude avec beau-« coup de peine et à peu près sans fruit. L'astro-« nomie l'absorbait sans le rendre jamais capable « de distinguer une constellation d'une autre.» C'est en rougissant que nous renvoyons aux *Confessions* pour rectifier ces particularités qui en sont extraites, et pour qu'on juge comment on peut être à la fois exact et infidèle.

5° *Rapports entre Claude Anet et Rousseau.*—A la mort du premier, le second lui *prodigua des soins avec des élans de douleur et de zèle qui devaient être de quelque consolation pour lui, pour l'ami le plus solide qu'il eût en toute sa vie.* « Tout-à-coup, dit « Jean-Jacques, au milieu de l'affliction la plus

« vive et la plus sincère, j'eus la vile et indigne « pensée que j'héritais d'un seul habit noir qui « m'avait donné dans la vue. Je le pensai, par con- « séquent je le dis; car près d'elle (madame de Wa- « rens) c'était pour moi la même chose; elle se « tourna de l'autre côté et se mit à pleurer. Chères « et précieuses larmes! elles furent entendues et « coulèrent toutes dans mon cœur. Elles y lavèrent « jusqu'aux dernières traces d'un sentiment bas et « malhonnête. Il n'y en est jamais entré depuis. »

Voyons comment M. de Sevelinges nous raconte la chose. « Un homme excellent, qui gouvernait « la maison de madame de Warens, témoigne au « jeune vagabond (J. J. Rousseau) une affection « paternelle. Il meurt : Rousseau *ne voit dans sa « mort* que le plaisir d'hériter d'un habit neuf. » Ah! M. de Sevelinges, il ne faut pas vous faire de confidences! mieux vaudrait, cependant, une indiscrétion qu'une *traduction* pareille. Mais avant d'arriver à cet habit noir, Rousseau ne vous a-t-il point montré la perte qu'il faisait dans Claude Anet, qui allait être démonstrateur au jardin royal, et dont Jean-Jacques devenait l'adjoint? ne s'est-il pas écrié, en parlant de cette perte, qu'il *était destiné à devenir, par degrés, un exemple des misères humaines!*

6° *Rapports entre l'ambassadeur de France à Venise, M. de Montaigu, et son secrétaire.* — Le biographe de ce dernier nie à peu près tous les détails qu'on trouve dans les *Confessions*, et qui prouvent que Rousseau fit les fonctions de secrétaire d'ambassade, quoiqu'il ne le fût que de l'ambassadeur. Ce biographe appuie son opinion d'une anecdote dont la *connaissance lui est particulière*. Dans cette anecdote, Jean-Jacques parle chez madame d'Épinay, au milieu de nombreux convives, *avec forfanterie;* un diplomate qu'on ne nomme pas, et pour cause, lui donne un démenti; Rousseau, *suivant son habitude, multiplie les attentions et les égards envers l'homme qui venait de l'humilier si cruellement.*

Je me sens pressé par mille arguments victorieux dont il faut *mesurer* l'expression. M. de Sevelinges n'était point au repas dont il parle, heureusement pour lui; car depuis 1757 Rousseau n'a jamais dîné chez madame d'Épinay. L'anecdote dont la *connaissance lui est particulière* lui a donc été racontée; le témoignage de M. de Sevelinges, qui n'est ni acteur ni témoin, pourrait donc être discuté sans impolitesse. Il m'est permis de ne pas croire à cette anecdote; bien plus, elle me paraît entièrement controuvée. Je n'accuse point le critique, mais le diplomate qui lui a raconté l'anecdote, et dont *la connaissance*, en effet, *lui est* si *particulière*, qu'avant lui personne n'en avait entendu parler.

La scène est supposée avoir eu lieu chez madame d'Épinay, dont les *Mémoires* ont été publiés. Elle y rapporte sur ou plutôt contre Rousseau beaucoup de circonstances bien moins intéressantes que celle-là, dont l'historienne n'a pas conservé de trace. Bien plus, elle y parle de l'ambassadeur Montaigu et de son secrétaire, qui racontait ses malheurs (ce sont les expressions de madame d'Épinay) d'une *manière simple et originale*. Elle ajoute que *la nécessité d'essuyer une injustice, et la perspective d'être pendu, l'avaient ramené* à Paris[1]. Dans une note, l'éditeur des *Mémoires*, qui n'est nullement partisan de Rousseau, puisqu'il les annonce comme un *correctif aux Confessions*, explique et cette *injustice* et cette *perspective* en disant qu'il est question de la querelle de Jean-Jacques avec M. de Montaigu. Enfin cet éditeur renvoie au récit que fait Jean-Jacques dans ses *Confessions*. C'est admettre la véracité de ce récit que de supprimer, comme il le fait, celui de madame d'Épinay.

Je ne relève point la *forfanterie*, *l'importance* de ce pauvre Rousseau, qui n'avait jamais le mot à dire dans un grand cercle, se taisait toujours quand il s'y trouvait, et je passe à la *domesticité*.

M. de Sevelinges appelle à son secours M. le marquis de Fortia d'Urban, et corrobore, par une note de ce dernier, les arguments et l'historiette mis en avant pour prouver que J. J. Rousseau avait été laquais de M. de Montaigu. Voici donc la note de *M. de Fortia d'Urban :*

« Rousseau lui-même *convient*, dans la lettre qu'il « écrivit le 8 août 1744, de Venise, à M. Dutheil, « alors premier commis des affaires étrangères « (lettre dont j'ai l'original, et qui a paru en 1817 « dans l'édition des OEuvres de Rousseau, par Le-

[1] *Mémoires et Correspondance* de madame d'Épinay, édition de 1818, tom. I, pag. 213. « Le fait étant rapporté avec toutes ses circonstances, dit l'éditeur, dans le VIIe livre des *Confessions*, il vaut « mieux y renvoyer le lecteur, ainsi qu'à la lettre de M. Dutheil. »

« fèvre et Déterville), qu'il était *domestique* chez « M. de Montaigu. Cette lettre peint très-bien le « peu de considération qu'avait pour lui l'ambas- « sadeur. »

Ce qui nous frappe dans cette note, c'est qu'elle dit beaucoup de choses dont *pas une* n'est vraie, et cependant elle a été lue, relue, examinée et approuvée par le *grand conseil* des collaborateurs de la *Biographie universelle* [1]. Puis croyez à l'histoire!

Voyons comment et dans quels termes Rousseau *convient* qu'il était domestique chez M. de Montaigu (c'est-à-dire laquais). Le troisième paragraphe de la lettre qui sert de preuve commence ainsi : « Il y a quatorze mois que je suis entré au « service de M. le comte de Montaigu, en qualité « de *secrétaire*. » Dans le quatrième paragraphe, en rendant compte de sa querelle avec l'ambassadeur, il dit : « Je comptais que la chose se passerait avec « l'honnêteté accoutumée entre un maître qui a de « la dignité et un *domestique honorable*, à qui quel- « ques défauts particuliers ne doivent point ôter « les *égards dus à son état*. » M. de Fortia d'Urban saute à pieds joints par-dessus le *secrétaire*, et, supprimant l'épithète d'*honorable*, qui détermine le sens qu'il faut attacher à l'expression de *domestique*, dit en passant et comme une chose incontestable, que Rousseau *convient lui-même* qu'il était *domestique*. Rousseau *convient lui-même* qu'il était

[1] Nous en demandons pardon à l'un d'eux, qui daigne faire quelque attention à nous ; *sed magis amica veritas*.

secrétaire, c'est la conclusion *obligée* de ce qui précède.

Cette lettre *peint très-bien le peu de considération* que méritait l'ambassadeur et le peu de cas que l'on devait faire de sa considération. Voilà ce que devait dire, pour être vrai, M. le marquis de Fortia d'Urban. D'après cette vérité, démontrée par la conduite de cet ambassadeur [1], il est fort indifférent qu'il ait eu pour Jean-Jacques *beaucoup* ou *peu* de considération; cependant il est certain que pendant près d'une année M. de Montaigu eut beaucoup de considération pour Jean-Jacques, et qu'il dut en avoir très-peu quand ils se brouillèrent.

Les deux indications incidentelles ne sont pas exactes, et, quoiqu'elles soient fort indifférentes, nous les remarquons pour justifier ce que nous avons avancé sur la note de M. Fortia d'Urban. Ce sont les désignations de M. Dutheil, à qui l'on suppose la lettre adressée, et de l'édition de 1817, notée comme la première où elle ait paru. Elle est textuellement dans l'édition in-4° de Genève (Paris, Volant, 1790, tom. VII, pag. 496), que nous possédons, et M. Amelot de Chaillou y est indiqué comme le correspondant. Cette lettre est même

[1] Parce qu'il n'y a eu qu'une voix sur le compte de M. de Montaigu; son avarice et son ineptie étaient reconnues au ministère des affaires étrangères; témoin Bernardin de Saint-Pierre, qui rapporte plusieurs particularités qu'il avait apprises à ce ministère. Lorsque Voltaire fit fouiller dans les archives pour avoir les lettres de Jean-Jacques à M. de Montaigu, aurait-il manqué, si ce dernier eût été *considéré* comme il était connu, de publier les témoignages de considération qui devaient, s'il y en avait eu, inculper Rousseau?

suivie d'une lettre de M. Dutheil à Rousseau; il atteste que celui-ci n'a point écrit à son père.

On conviendra facilement qu'il était plus aisé à M. le marquis de Fortia d'Urban de trouver une lettre de Rousseau qui éclaircît sa prétendue domesticité, que la filiation non interrompue de Priam à Pharamond, et les quarante noms, ni plus ni moins, des quarante princes qui séparent le roi des Francs de celui des Troyens, et rattachent l'un à l'autre. La lettre dont je parle est dans l'*Histoire de J. J. Rousseau*, qui parut en 1820, et dans les éditions de M. Lequien et de M. Dupont. Nous avons possédé l'autographe, qui nous avait été confié par M. Mourette, à qui nous l'avons remis et qui est prêt à le reproduire.

Cette lettre est adressée à madame de Montaigu, femme de l'ambassadeur; elle est entièrement de la main de Rousseau, signée de lui, écrite en son nom. Il lui rend compte de la santé de son mari, de ses liaisons avec l'ambassadeur d'Espagne. « Pour « imiter son goût, lui dit-il, autant que mon état « me le permet, je me suis pris d'amitié si intime- « ment avec le secrétaire [1], que nous sommes insé- « parables; de façon qu'on ne voit rien à Venise de « si uni que les deux maisons de France et d'Es- « pagne. J'ai un peu dérangé ma philosophie pour « me mettre comme les autres; de sorte que je « cours la place et les spectacles en masque et en « bahutte, tout aussi fièrement que si j'avais passé « toute ma vie dans cet équipage...... » Ces détails

[1] C'est *Cario* dont il fait l'éloge dans ses *Confessions*.

confirment ceux que donne Rousseau dans ses *Confessions*. Il avait, comme secrétaire d'ambassade, une gondole à ses ordres, et celui qui *courait les spectacles* en masque et en bahutte ne pouvait être *domestique* tel que l'entend M. le marquis de Fortia d'Urban, c'est-à-dire laquais. Revenons à la lettre : « Je voudrais, madame, pouvoir vous don-« ner des détails sur ce pays, assez séduisants pour « vous engager à hâter votre voyage, et à satis-« faire en cela les vœux de toute votre maison de « Venise, *à la tête de laquelle* j'ose me *compter* en-« core plus par l'empressement et le zèle que par « le *rang*. » Ainsi Jean-Jacques était *à la tête de la maison* de l'ambassadeur *par le rang*, et c'est à la femme de cet ambassadeur qu'il écrit, en la chargeant de commissions singulières de la part de ce mari.

« Le comte de Montaigu lui donna son congé, » dit M. de Sevelinges. Ce n'est pas cela. « Je pris mon « parti, dit Rousseau, et lui demandai mon congé, « lui laissant le temps de se pourvoir d'un secré-« taire. » Il faut voir dans les *Confessions* les détails de la scène qui se passa lorsqu'ils se séparèrent. Nous avons mis dans le premier volume (p. 379) de ce recueil sous les yeux du lecteur les *preuves* qui démontrent que Rousseau exerça *de fait* les fonctions de secrétaire d'ambassade à Venise. Redisons, en terminant cet article *Montaigu*, que Voltaire, qui avait *un peu plus* d'esprit que nous n'en avons tous tant que nous sommes, et peut-être encore, s'il est possible, plus de malveillance envers Rousseau que n'en ont et le biographe de celui-ci, M. de Sevelinges, et l'annotateur du biographe, M. de Fortia d'Urban, et l'approbateur des deux, M. O...., de l'Oriflamme, Voltaire échoua dans l'entreprise renouvelée par ces messieurs.

Mais nous oublions que nous n'avons point encore parlé de M. O....[1], de l'*Oriflamme*. Cet anonyme ne fait que répéter les diverses assertions de M. de Sevelinges, en ajoutant seulement une formule approbative, variée autant que les ressources de son esprit ont pu le lui permettre. Il semble que réfuter M. de Sevelinges ce serait suffisamment répondre à M. O...; cependant ce dernier n'invente pas beaucoup à la vérité, mais enfin il invente. Comme on s'en doute bien, il s'est à son tour emparé du

[1] J'ignore si l'anonyme se dérobe sous le chiffre ou la lettre à qui l'on donne cette forme. Voyez l'Oriflamme des 15 mars et 9 avril 1825; vous y trouverez que *j'écris sans style*, *sans dialectique*, *sans rien prouver*, *que j'ai fait une brochure insignifiante*, *que je suis garçon philosophe et grand-prêtre de Rousseau* [1] : reproduire les plaisanteries de M. O..., c'est y répondre suffisamment. Parlons du seul fait qu'il énonce. « Nous souhaitons plus de succès, dit-il, à la brochure que « va lancer M. Musset-Pathay sur la mort de Rousseau, qu'à celle « dont il nous gratifia l'année dernière. » Il est bien certain qu'une brochure dont on n'a point parlé n'a pas eu de succès; mais il l'est encore plus, qu'on ne pouvait parler d'une brochure qui n'a point été faite. Or, depuis l'*Histoire de J. J. Rousseau*, qui parut en 1821, j'ai dirigé l'édition de ses œuvres entreprise par M. Dupont, et n'ai publié que la réponse à la lettre de M. de Girardin, qui *était lancée* quand M. O... faisait le souhait dont je le remercie.

[1] C'est une rencontre heureuse que celle de *garçon philosophe* et de *grand-prêtre de Rousseau*. L'on sait ce que celui-ci pensait des philosophes. Il ne se doutait pas qu'un jour on prendrait un de leurs garçons pour en faire son grand-prêtre. M. l'anonyme O..., m'a forcé de parler de moi : j'en demande pardon au lecteur. Pour se faire le plus petit possible, le grand-prêtre s'est caché dans une note.

ruban, ou plutôt du couvert d'argent. Il fait parler le chevalier de Boufler; il lui prête une noirceur quand il ne disait que des malices. Il suppose, d'après ce témoignage (qu'il n'est plus possible de vérifier), que Rousseau fit au maréchal et à madame de Luxembourg l'aveu du vol d'un couvert d'argent. Or, *nous avons entendu* le chevalier parler du ruban, l'admettre comme *ruban*, voir le crime dans la calomnie de Rousseau, qui impute son action à une servante, et dire même qu'il était bien *simple* d'écrire de tels aveux. Si Jean-Jacques eût fait une pareille confidence au maréchal de Luxembourg, l'intimité n'aurait-elle pas cessé? Ce maréchal, qui lui donna jusqu'à sa mort tant de marques d'estime et d'amitié, n'eût-il pas repoussé avec indignation un voleur de couvert d'argent? L'esprit de parti se joue des vraisemblances, et n'oublie pas la recommandation de Basile: Calomniez, il en reste toujours quelque chose. M. O... n'invente rien sur la *domesticité;* mais il répète l'assertion, en insistant sur la note, car c'est sur M. Fortia d'Urban qu'il compte pour décider la victoire. « Voilà, s'é« crie-t-il, le grand redresseur de torts qui arrive! « voilà M. le comte de Fortia, tenant en main « une lettre autographe du citoyen de Genève! or « Jean-Jacques y *convient* qu'il est *encore* domesti« que chez le comte de Montaigu. » Nous avons vu comme il en *convenait* dans cette lettre *autographe,* imprimée depuis plus de trente ans, et qui fut écrite après la *séparation* du secrétaire et de l'ambassadeur. Prenons congé de l'anonyme O..., du *grand redresseur de torts*, et revenons à M. de Sevelinges.

7° *Abandon des enfants*. — « L'enfant, par ordre « exprès de celui qui a écrit [1] de si belles pages « sur l'obligation où sont les mères de nourrir, fut « porté aux Enfants-Trouvés : *il semble* se reprocher « dans ses *Confessions* ce mépris d'un devoir sacré. » Mais c'est après avoir commis la faute qu'il a écrit *ces belles pages*, M. de Sevelinges : et c'est *parce qu'il* a senti de vifs remords qu'il les a écrites. *Il semble* se reprocher, dites-vous! quelles expressions vous faut-il donc pour prouver la sincérité de ses regrets? « En méditant mon *Traité de l'éducation*, dit Rousseau, je sentis que j'avais négligé « des devoirs dont rien ne pouvait me dispenser; « le remords enfin devint si vif, qu'il m'arracha « presque l'aveu de ma faute au commencement « d'*Émile*, et le trait même est si clair, qu'après « un tel passage il est surprenant qu'on ait eu le « courage de me le reprocher. » On avait eu ce courage du vivant de Rousseau, il s'est transmis et se transmettra de génération en génération. Jean-Jacques a dit dans l'*Émile* : « Il n'y a ni pau« vreté, ni travaux, ni respect humain qui dis« pensent un père de nourrir ses enfants et de les « élever lui-même. Lecteur, vous pouvez m'en « croire, je prédis à quiconque a des entrailles et « néglige de si saints devoirs, qu'il versera long-

[1] D'abord il n'y eut point d'*ordre exprès*, ensuite il fallait dire pour être exact que ce fut vingt ans après que les *belles* pages furent écrites : enfin, comme on ne connaît la faute que par l'aveu de celui qui l'a commise, encore faut-il l'écouter dans sa propre cause.

« temps sur sa faute des larmes amères, et n'en sera « jamais consolé! » Et il se trouve un *lecteur* instruit, judicieux, auteur d'un grand nombre d'ouvrages, qui a le courage de dire que *Rousseau semble se reprocher* l'abandon de ses enfants! Le souvenir de cette faute, celui du vol du ruban ou plutôt de la calomnie qui en fut la suite tourmentèrent Rousseau pendant long-temps : on en rencontre plus d'une fois l'expression dans ses ouvrages, même dans celui de tous où l'on s'attendait le moins à la trouver : car nous ne doutons point qu'il ne fasse allusion à ces deux faits graves, quand il s'écrie, dans le *Contrat social*, à la fin du chapitre sur le *Droit de vie et de mort :* « Mais je « sens que mon cœur murmure et retient ma « plume : laissons discuter ces questions à l'homme « juste qui n'a point failli, et qui jamais n'eut lui- « même besoin de grace. »

8° Il était difficile de mettre Thérèse le Vasseur dans un rang plus bas que celui où elle se trouvait quand Rousseau fit sa connaissance. M. de Sevelinges y est parvenu. « Elle était fille d'un « officier de la monnaie d'Orléans, sa mère était « marchande. L'hôtesse l'avait prise pour travail- « ler en linge; elle mangeait à table d'hôte. Elle « avait vingt-deux à vingt-trois ans [1]. » Voilà le récit de Jean-Jacques; voyons celui de son biographe : « Cette auberge obscure [2] renfermait, en *qualité*

[1] *Confessions*, liv. VII.

[2] L'hôtel Saint-Quentin rue des Cordiers. « Vilaine rue, dit Rousseau, vilain hôtel, vilaine chambre, mais où cependant avaient logé

« *de servante*, une créature dépourvue de tout ce « qui pouvait fixer les regards et captiver le cœur « d'un homme.... Elle avait alors vingt-quatre ans. »

Je suis loin de justifier le goût et le choix de Rousseau; mais enfin Thérèse n'était point servante; j'avoue que la conduite qu'elle a tenue ensuite a prouvé qu'elle était faite pour l'être.

9° Neuvième inexactitude. Celle-ci est une calomnie, il faut trancher le mot, renouvelée de Grimm qui l'inventa, secondé de Diderot et de Marmontel par qui elle fut répandue. Comme elle est *démontrée* dans l'*Histoire de Rousseau* que M. de Sevelinges a la bonté de citer dans une autre occasion, nous avons quelque droit d'être surpris qu'il ne fasse aucune mention des faits et des raisonnements qui font justice de cette odieuse calomnie; il s'agit d'une lettre anonyme écrite à Saint-Lambert contre madame d'Houdetot, et attribuée à Jean-Jacques. Le biographe, qui adopte cette fausse imputation, s'appuie de Marmontel, qui la lui a répétée; il n'est pas étonnant que Marmontel ne démentît point ce qu'il avait consigné dans ses *Memoires*. M. de Sevelinges, qui avait tout-à-l'heure à sa disposition un diplomate à l'occasion de M. de Montaigu, a trouvé avec la même facilité un *homme* (celui-là n'a ni rang ni qualité) qui lui *a affirmé le fait*, cet homme, comme on s'en doute bien, était *incapable de mensonge*. Des témoins de cette espèce se présentent en foule sous la plume. Si l'*anonyme*

« des hommes de mérite, tels que Gresset, Bordes, les abbés de « Mably, de Condillac et plusieurs autres. »

ou l'*inconnu* a cru dire la vérité en affirmant un mensonge auquel il ajoutait foi, seule excuse qu'on puisse admettre, il n'en est pas de même de Marmontel, *il a trahi la vérité sciemment;* un simple rapprochement de date a suffi pour le prouver [1]. Ces éternelles répétitions des mêmes impostures, en négligeant les réponses qu'on y a faites, finissent par inspirer du dégoût. Le silence total sur la réfutation de ces impostures est un parti pris; il faut bien prendre le nôtre, et dire : Vous êtes dans l'erreur, ou de mauvaise foi; quand vous aurez répondu à notre réfutation, nous verrons ce que nous aurons à répliquer. En attendant, redisons qu'il est *faux que Jean-Jacques ait écrit la lettre en question :* renvoyons aux articles *Grimm*, *Marmontel* et *Diderot*, et ajoutons quelques observations à celles que nous avons faites sur ce sujet; l'accusation en vaut la peine. De toutes les imputations dont Rousseau fut l'objet, celle-là serait la plus grave : elle a paru fort tard, long-temps après sa mort; ceux qui l'ont faite n'ont osé la publier pendant leur vie, quoique Rousseau n'existât plus depuis long-temps; ils l'ont *laissé dans leurs mémoires*. Les deux accusateurs sont Grimm et Marmontel, qui ont mis en jeu Diderot.

Il s'agit donc d'une lettre anonyme qu'on prétend avoir été (et qui fut, nous le croyons) écrite à Saint-Lambert pendant qu'il était à l'armée, en 1757; on n'en connaît point la teneur. On sait seulement

[1] Voyez l'article *Marmontel*, t. II de l'*Histoire de J. J. Rousseau*, et particulièrement les pages 225 et suivantes.

qu'on dénonçait madame d'Houdetot, représentée comme une coquette fort disposée à écouter Jean-Jacques.

Une lettre anonyme est un tel acte de lâcheté qu'il doit toujours être fort difficile d'en découvrir l'auteur, tant il doit prendre de mesures pour écarter de lui le soupçon ; heureusement Saint-Lambert était d'un caractère estimable, homme de lettres, non sans vanité, mais, ce qui peut-être est encore plus rare, sans envie. Il avait de l'ame, rendait justice au talent, repoussait la calomnie et même la médisance. Sur un homme de cette trempe, la lettre anonyme ne devait pas produire tout l'effet qu'en attendait celui qui l'avait écrite; mais, comme il connaissait le talent de Jean-Jacques, il put craindre la faiblesse de madame d'Houdetot.

Si Jean-Jacques eût écrit cette lettre, Diderot, qu'on met en scène, n'eut-il pas eu contre lui une arme victorieuse? Au lieu de rédiger laborieusement cette note fameuse, mise dans l'*Essai sur les règnes de Claude et de Néron*, où elle est déplacée et sans liaison, n'aurait-il pas profité de l'occasion que lui présentait l'auteur de la lettre anonyme? Que l'on n'oublie donc pas, que lorsque cette rupture eut lieu, Rousseau n'avait plus personne qui pût le protéger ou prendre sa défense; car ce n'est que plus d'un an après qu'il connut le maréchal de Luxembourg, le prince de Conti, la comtesse de Bouflers, etc. Enfin, (et cette remarque est importante, décisive) dans la longue énumération [1] que fait Diderot des délits de Jean-Jacques, pourquoi passe-t-il sous silence cette lettre anonyme, qui, je le répète, était le chef d'accusation le plus accablant?

Revenons à M. de Sevelinges; il ne faut pas terminer cet article sans lui faire remarquer une petite *distraction* qu'il a commise en faisant une fausse et très-fausse application d'un passage des *Confessions;* il me met dans un cruel embarras, M. de Sevelinges, et si je m'en tire sans secouer le joug des convenances et de la politesse, si difficiles à concilier avec le langage de la vérité, j'aurai beaucoup d'actions de graces à lui rendre.

Rousseau décrit sa passion pour madame d'Houdetot. Saint-Lambert en fut instruit, il sut et la résistance de son amante et les tentatives de son ami, il se conduisit généreusement. « Il m'a traité, « dit Jean-Jacques, durement mais amicalement, « et je vis que j'avais perdu quelque chose dans son « estime, mais rien dans son amitié; je m'en consolai, « sachant qu'il était trop sensé pour confondre une

[1] Entre autres reproches, on peut remarquer celui-ci, qui nécessairement devait faire songer à la lettre anonyme. « Jean-Jacques « écrivit dans la même semaine deux lettres à Genève. Par l'une il « exhortait ses concitoyens à la paix, par l'autre il soufflait la ven« geance et la révolte. » Il est fâcheux pour la véracité de l'accusateur que cette dernière lettre se soit perdue. « Tout mon ressentiment, « ajoute Diderot, se réduit à repousser les avances réitérées qu'il a « faites pour se rapprocher de moi. » Comment hasarde-t-on une assertion pareille quand on sait avoir écrit à un ami de Rousseau (M. D'Escherny), pour le prier d'opérer une réconciliation; quand on craint que cet ami ne produise cette lettre, et ne publie la réponse de Jean-Jacques, qui eut le tort, lui, de *repousser ces avances?* En faisant imprimer les deux lettres, M. D'Escherny a rendu un vrai service à ceux qui désirent de connaître la vérité.

« faiblesse involontaire et passagère, avec un vice « de caractère. » Il raconte ensuite la vengeance que tira Saint-Lambert, en s'endormant pendant qu'il lui lisait sa lettre à Voltaire, et l'*indignité* qu'il eut, lui Rousseau, de continuer sa lecture pendant que son ami ronflait.

Que fait M. de Sevelinges? Il applique à la découverte de la lettre anonyme la conduite de Saint-Lambert, qui avait pour cause la passion de Jean-Jacques, et par cette petite distraction fait faire à celui-ci l'aveu d'une bassesse qu'il n'a point commise, il a même ignoré toujours qu'il en eût été accusé. Je suis loin de suspecter la bonne foi du biographe; mais au moins conviendra-t-il qu'il a lu cet endroit des *Confessions* avec une légèreté qui n'a d'excuse que dans le désir de trouver Rousseau coupable, désir bien pardonnable, assurément, mais qui n'impose pas l'obligation d'être injuste et de trahir la vérité.

10° Voici une *distraction* du genre de la précédente. « Un châtiment plus sensible, dit le critique, « attendait le coupable (toujours de la lettre ano- « nyme), il le trouva dans la froideur de madame « d'Houdetot, qui lui fit défense de la voir et de lui « écrire. » Ce n'est point cela, M. de Sevelinges; vous ne savez pas bien votre affaire; vous citez les *Confessions*, il faut citer juste. Les armes que Jean-Jacques y fournit à ses ennemis sont assez nombreuses, assez bien trempées, sans qu'il soit besoin de les envenimer encore. Comparons ce que dit Rousseau avec ce que vous lui faites dire : « Je

« trouvai madame d'Houdetot distraite, embarras-« sée ; je sentis qu'elle avait cessé de se plaire avec « moi, et je vis clairement qu'il s'était passé quel-« que chose qu'elle ne voulait pas me dire et que *je « n'ai jamais su;* ce changement, dont il me *fut impos-« sible d'obtenir l'explication*, me navra....; la douleur « que me causa son refroidissement et la *certitude « de ne l'avoir pas mérité*, me firent prendre le sin-« gulier parti de m'en plaindre à Saint-Lambert « même ; je lui écrivis une lettre à ce sujet. »

Il est bien clair que ce *quelque chose qu'on ne voulait pas, qu'on* ne pouvait pas lui dire, et qu'il n'a jamais su, était la lettre anonyme dont on l'accusait. Saint-Lambert était retourné à l'armée : le biographe ne le dit point ; il fallait appliquer à la lettre anonyme ce qui appartenait à la découverte de la passion de Jean-Jacques pour madame d'Houdetot.

« Je reçus enfin par madame d'Houdetot la ré-« ponse de Saint-Lambert, datée de Wolfenbuttel, « peu de jours après son accident (une blessure). « Cette réponse m'apporta des consolations, par « les témoignages d'estime et d'amitié dont elle était « pleine, et qui me donnèrent le courage et la force « de les mériter. » Ce fut en formant le projet de triompher de sa passion.

Malgré l'injonction formelle de ne plus se voir ni s'écrire, imaginée par M. de Sevelinges, madame d'Houdetot donne rendez-vous à Jean-Jacques à Eau-Bonne. Elle lui annonce le prochain retour de Saint-Lambert, qui abandonnait le service *pour revenir vivre paisiblement auprès d'elle.* « Nous formâmes, dit Rousseau, le projet charmant d'une « étroite société entre nous trois. » Dans cette entrevue, pour les détails de laquelle nous renvoyons aux *Confessions*, madame d'Houdetot et son ami conviennent de la conduite qu'ils doivent tenir pour que la réputation de la première ne reçoive aucune atteinte, et le second consent à tous les sacrifices qui contribueront à ce résultat.

Là finissent *les liaisons personnelles* de Jean-Jacques avec l'amante de Saint-Lambert ; c'est-à-dire qu'ils ne se donnèrent plus de rendez-vous; mais madame d'Houdetot ne *fit* point *défendre* à Rousseau, comme le prétend M. de Sevelinges, de *la voir et de lui écrire ;* au contraire, ils continuèrent de correspondre; mais elle mit dans ses lettres un refroidissement graduel qu'il ne pouvait expliquer, en soupçonnant d'autant moins la cause, que Saint-Lambert lui écrivait des lettres amicales, et qu'il venait le voir. Ce refroidissement, dont elle ne convenait cependant pas en répondant à ses reproches, rendit, de la part de Jean-Jacques, *la correspondance orageuse au point* de la faire cesser.

Rousseau achevait alors sa *Lettre sur les spectacles:* Saint-Lambert vint le voir; il ne trouva que Thérèse, à qui il parla de plusieurs secrets que Jean - Jacques n'avait confiés qu'à Diderot. Cette trahison, jointe à d'autres griefs, détermina le premier à rompre ouvertement avec le second, ce qu'il fit dans la préface de la *Lettre, s'attachant à ne désigner l'ami auquel il renonçait qu'avec l'hon-*

neur qu'on doit toujours rendre à l'amitié même éteinte. Il adressa un exemplaire à Saint-Lambert, qui, malgré M. de Sevelinges, venait de lui écrire, le 8 octobre 1758, *au nom de madame d'Houdetot et au sien, un billet plein de la plus tendre amitié.* Saint-Lambert, qui était lié avec Diderot, renvoya l'exemplaire à Jean-Jacques, ne *pouvant*, lui écrivait-il, *accepter ce présent*, à cause de l'injustice qu'il faisait à Diderot, et qu'il *traitait d'atrocité.* Rousseau réplique « Qu'en lisant sa lettre, il lui avait fait « l'honneur d'en être surpris, et qu'il avait eu la « bêtise d'en être ému, mais qu'il l'avait trou- « vée indigne de réponse. » Cette fierté ne déplut point à Saint-Lambert. Quelque temps après M. d'Épinay écrivit à Rousseau pour l'inviter à venir dîner chez lui avec M. et madame Dupin, M. de Francueil, M. de Saint-Lambert et madame d'Houdetot. *Tous les conviés le désirent et se font un plaisir de le voir.* Après le repas il vit Saint-Lambert et madame d'Houdetot *s'approcher de lui; ils causèrent tous les trois avec la même familiarité qu'auparavant.* Madame d'Houdetot pria Rousseau de continuer la copie qu'il lui destinait de la *Nouvelle Héloise*, et par la suite elle lui écrivit, pour le remercier, *plusieurs billets obligeants.* « La conduite qu'ils tinrent « tous les trois quand leur commerce eut cessé « peut servir d'exemple, dit-il, de la façon dont les « honnêtes gens se séparent quand il ne leur con- « vient plus de se voir. » Telles sont les circonstances que M. de Sevelinges traduit par ces mots: *Madame d'Houdetot lui fit défense de la voir et de lui écrire*. Je suis surpris que cette dame n'ait pas fait au biographe quelque confidence à l'appui de cette assertion ; elle avait certes autant de droit d'être crue que le diplomate, le véridique, et l'homme aux renseignements.

11° *Sortie de l'Ermitage*.—Quand Jean-Jacques et madame d'Épinay s'accordent sur un fait, il réunit alors toute la certitude possible, puisque les *Mémoires* de madame, disposés par Grimm, qui les a eus dans sa possession pendant plus de vingt ans, ont été publiés comme un *correctif* aux *Confessions*.

M. de Sevelinges ne tient aucun compte de cet accord, d'autant plus remarquable qu'il est rare ; mais enfin il a lieu quelquefois : par exemple, sur la *sortie de l'Ermitage* Rousseau et madame d'Épinay font le même récit. Le premier, d'après son biographe, en accusant *nettement* la seconde d'être auteur de la lettre anonyme, lui aurait déclaré *qu'il ne pouvait plus habiter une maison dont elle était la maîtresse*, et quelques jours après serait en conséquence sorti de l'Ermitage au cœur de l'hiver. Jean-Jacques y voulait au contraire achever cette saison ; il en fit la demande à madame d'Épinay, qui lui donna un congé formel. Tout cela se trouve dans ses *Mémoires* et dans les *Confessions*, mais non dans la notice. Cependant il était plus avantageux pour l'amour-propre de Rousseau de donner congé que de le recevoir ; mais il fallait rappeler encore cette lettre anonyme, et cette version a paru un moyen ingénieux pour arriver à ce but.

12° *Relations entre Milord Maréchal et Rousseau,* totalement dénaturées par M. de Sevelinges, qui s'en rapporte à son confrère en biographie, M. Dezos de la Roquette, écho de d'Alembert, dont il a rajeuni la calomnie, ainsi que nous l'avons prouvé[1]. M. Dezos de la Roquette pouvait être de bonne foi en adoptant les perfides insinuations du géomètre, qui, poussé dans ses derniers retranchements par Dupeyrou, s'est créé en Allemagne un correspondant que les recherches les plus soigneuses n'ont pu faire découvrir. Mais M. de Sevelinges, citant un ouvrage où ces preuves se trouvent, aurait dû les réfuter; il était plus commode de reproduire l'accusation purement et simplement, et c'est ce qu'il a fait.

13° *Lapidation de Motiers-Travers.* — Le biographe annonce que Rousseau s'est lapidé lui-même, et que très-*récemment on a fait, parmi les gens âgés du pays, une enquête* dont il résulte que Rousseau *disposa lui-même toutes les pierres* qu'on trouva près de la porte. Il est permis de croire que celui qui a pris des renseignements sur le ruban volé en 1729 a présidé à l'*enquête* sur la lapidation de 1765. Il a fait d'une pierre deux coups, nous en sommes persuadés. Il est vrai que dans son procès-verbal le châtelain de Motiers dit qu'il fut *éveillé au milieu de la nuit par le tumulte;* mais ce tumulte était probablement causé par Rousseau. L'enquête nous l'apprendrait peut-être. Il est encore vrai que

[1] Article *Keith*, *Histoire de J. J. Rousseau*, tom. II, pag. 153.

les autorités locales rendirent plusieurs arrêts sur cette lapidation; que Frédéric, qui ne croyait qu'à bon escient, ne doutait pas de sa réalité, et même ordonna qu'on fît des poursuites juridiques. Mais tout cela disparaît comme une vapeur devant l'enquête faite récemment auprès de *personnages âgés;* ce qu'il était bon de faire remarquer, parce que le plus jeune des contemporains de l'événement en *état de témoigner* ne doit pas avoir moins de quatre-vingts ans.

Après avoir contesté cette lapidation, M. de Sevelinges, en historien scrupuleux et qui veut indiquer ses autorités, avertit le lecteur qu'il a jusqu'à présent *pris les Confessions pour guide, en tout ce qui concerne les faits.* On s'en serait peu douté.

14° *Querelle avec Hume.* — Tous les torts sont, comme on le présume bien d'après ce qui précède, du côté de Rousseau. Le biographe renvoie à l'article *Hume* de M. Walkenaer, qui a très-bien fait sentir combien l'historien anglais était coupable d'avoir publié la lettre confidentielle de Rousseau avec des commentaires de d'Alembert et de M. Suard; mais lorsque M. Walkenaer fit cet article *Hume* (en 1818), *la Correspondance privée*[1] n'avait point encore paru; elle contient beaucoup de particularités qui font voir les manœuvres de l'historien et de ses traducteurs. J'en ai rendu compte en 1821, dans un ouvrage connu de M. de Sevelinges; il a regardé comme non avenus et les

[1] Londres, 1820, in-4°.

aveux de M. Hume, et les rapprochements faits pour découvrir la vérité [1]. Nous rendons un nouveau compte de cette querelle dans le premier volume de ce recueil, chap. v du Supplément.

15° *Arrivée à Wootton. Séjour dans ce lieu. Départ.* — Suivant M. de Sevelinges, David Hume a *procuré cette habitation délicieuse* à Rousseau.

David Hume, qui voulait que Jean-Jacques restât dans les environs de Londres, annonce, dans une lettre à madame de Barbantanne [2], que Rousseau va partir pour s'éloigner de cette capitale, *malgré tous les obstacles qu'il a fait naître contre l'exécution de ce projet.*

« Rousseau passa trois mois à Wootton, » dit M. de Sevelinges. Il y arriva le 20 mars 1766, il en partit le 1er mai 1767, ce qui fait un séjour de plus de treize mois.

« Il quitta brusquement Wootton le 1er mai, « laissant pour tout adieu à M. Davenport, qui « l'avait comblé de bons procédés, une lettre pleine « de reproches. » Il fallait ajouter, pour être impartial, 1° que Rousseau laissa ses livres, ses estampes, ses manuscrits, ses effets, ceux de Thérèse, *pour sûreté des frais faits depuis Noël;* 2° que cette lettre contient, outre quelques reproches, des expressions de reconnaissance; 3° enfin que ces reproches étaient fondés, puisque M. Davenport avait manqué à sa parole. Tout cela se voit

[1] *Histoire de J. J. Rousseau*, tom. I, pag. 117 et suivantes; t. II, pag. 145, art. *Hume*.

[2] Rapportée dans le même ouvrage, pag. 114, tom. I.

dans la lettre (30 avril 1767). Comme les deux hôtes continuèrent leur correspondance, *cette lettre pleine de reproches, laissée pour tout adieu*, ne les brouilla point, et ceux qui la liront conviendront qu'elle ne devait ni produire ce résultat, ni être présentée comme vient de le faire le biographe.

16° *Conduite de Jean-Jacques à sa rentrée dans Paris, en* 1770. — Grandes et notables *distractions*, pour ne rien dire de plus sur cet article. « On vit « Rousseau, dit M. de Sevelinges, chez des femmes « galantes, telles que la fameuse Sophie Arnould, « de l'Opéra. » Le biographe serait bien embarrassé de citer une autre femme que mademoiselle Arnould, et nous lui en portons le défi. Il y aurait de la perfidie, si ce n'était distraction, à présenter celle-là uniquement sous le rapport de galanterie, puisque cette femme spirituelle, aussi célèbre par ses saillies et ses bons mots que par son talent, avait des réunions de grands seigneurs qui ne se rendaient chez elle que pour jouir des agréments de sa conversation. C'est dans l'une de ces réunions qu'on fit jouer le rôle de Jean-Jacques au tailleur de la Comédie-Française, anecdote que nous tenions de M. de Lauraguais, l'un des convives, et que nous avons rapportée [1]. Grimm fut dupe de cette mystification, et le biographe fait semblant de l'être. En effet, il cite madame de Genlis, qui voyait Rousseau dans le même temps, et qui dit *qu'il était très-sauvage, refusait toutes les visites, et n'en faisait point*; ce qui ne s'accorde pas

[1] *Histoire de J. J. Rousseau*, tom. 1, pag. 181.

beaucoup avec l'apparition de Rousseau chez les *femmes galantes*. Mais tout système exige qu'on mette de côté, dans un témoignage, ce qui détruirait l'opinion qu'on veut établir. Le biographe s'est donc borné à prendre dans celui de madame de Genlis ce qui tournait Rousseau en ridicule, c'est-à-dire l'envie qu'on lui prête de vouloir se montrer au spectacle dans une loge grillée, où il ne consentait à venir qu'à condition qu'il ne serait pas vu; circonstance que nous avons suffisamment discutée [1], mais avec peine perdue pour M. de Sevelinges, qui revient toujours aux assertions primitives, sans dire mot de leur réfutation. Au moins faudrait-il être alors exact. Il dit, *d'après* madame de Genlis: Rousseau *baissa lui-même la grille avec humeur;* et *d'après* elle et le témoignage de ses sens, madame de Genlis prétend que *son premier mouvement fut de baisser la grille; que Rousseau s'y opposa fortement; qu'elle insista, mais qu'il l'empêcha de la baisser* [2].

Pendant ce séjour à Paris, c'est-à-dire les huit dernières années de sa vie, Rousseau, selon son biographe, ne refusait pas aux *personnes qui composaient ses sociétés familières* de lire ses *Confessions*. Il n'y eut que deux lectures, et les auditeurs, dans aucune, n'étaient de ses *sociétés familières*, car il n'en avait pas. La seconde lecture fut faite devant M. le comte et madame la comtesse d'Egmont, la marquise de Mesmes, le marquis de Juigné et le

[1] *Ibid.*, pag. 199 à 201.

[2] *Souvenirs de Félicie*, tom. 1, pag. 290 et suivantes.

prince Pignatelli. Sur la demande de madame d'Épinay, M. de Sartines défendit ces lectures.

« S'il n'écrivit pas de livres, il écrivit beaucoup « de lettres. » La première lettre est du 7 juillet 1770, et la dernière, du 15 mars 1778; entre l'une et l'autre il y en a trente-huit, ce qui ne fait pas plus de cinq lettres par an en huit années; c'est l'époque de sa vie où il a le moins écrit, depuis qu'il s'est fait connaître; il a, dans le même temps, composé ses *Considérations sur le gouvernement de Pologne*, ses *Dialogues*, ses *Rêveries*, et quelques opuscules.

La chute causée, à la descente de Ménil-Montant, par le chien de M. de Saint-Fargeau, est traitée par le biographe *d'accident peu grave en lui-même.* Il faut lire dans l'ouvrage de Corancèz et dans les *Rêveries* les détails de cette chute et de ses suites, pour les comparer à ceux que donne le biographe. Les excuses qu'il met dans la bouche du maître du chien sont sans doute imaginées dans une intention louable; mais Rousseau tomba évanoui, et ne sut que de ceux qui le relevèrent ce qui lui était arrivé. Il regagna sa demeure dans la nuit, et ce ne fut que le lendemain que M. de Saint-Fargeau sut par la rumeur publique le nom de celui que son chien avait renversé la veille.

L'habileté avec laquelle M. de Sevelinges se saisit des armes de son adversaire, l'avantage qu'il en tire, sont dignes de remarque. Ainsi Jean-Jacques n'aimait pas qu'on lui fît des cadeaux; il a dit quelque part qu'il se sentait le cœur ingrat. On n'a garde d'oublier un pareil aveu, qui ne devait pas être isolé de ce qui le précède et le suit; on crie à l'ingratitude. Mais comme il y a une certaine fierté à prévenir qu'on hait les bienfaits, on prétend qu'il en imposait; qu'il les aimait, les recevait, enfin qu'il *se calomniait* lui-même. L'aversion pour un bienfait et l'amour du bienfait paraissent inconciliables; il semble qu'on doive choisir dans cette double accusation contradictoire; mais le biographe ne choisit pas, il prend tout.

Nous avons vu un homme *incapable de mensonge*, en voici un autre *digne de foi* (à moins que ce ne soit le même) qui a raconté *souvent*, remarquez bien le mot, le trait qu'on va lire.

Un grand amateur de musique étant chez madame d'Épinay, peu de temps après l'établissement de Jean-Jacques à l'Ermitage, sachant que celui-ci désirait un clavecin, lui en envoie un le lendemain. Rousseau en jouit sans chercher à savoir à qui il a cette obligation. Quelques mois après le secret échappa à l'homme *digne de foi;* au lieu de le remercier, Rousseau s'écrie qu'il insulte à sa misère; lui dit de reprendre son instrument, et lui défend de lui jamais parler. « Singe de Diogène, lui répli- « que l'homme digne de foi, vous n'êtes plus qu'un « jongleur à mes yeux. » Rousseau, subitement calmé, prodigue mille excuses, est aux petits soins pour son bienfaiteur, et tous les deux finissent par s'embrasser. Ce trait, dans le genre de celui du diplomate dont nous avons parlé, est raconté pour démontrer la bassesse de Jean-Jacques, insolent et dur envers ses amis et ses admirateurs, humble et rampant devant ceux qui prenaient le ton haut avec lui.

Madame d'Épinay a oublié ce petit conte dans ses *Mémoires*, et Grimm, qui a eu le temps de réparer cette omission, ne l'a point fait. Première remarque.

Ensuite, soit dans ces *Mémoires*, soit dans les *Confessions*, on voit Rousseau remercier à diverses reprises madame d'Épinay pour de petits cadeaux qu'elle lui faisait, entre autres pour un jupon de flanelle qu'elle lui envoya. Est-il croyable qu'un clavecin l'eût rendu muet?

Enfin ajoutons une petite *observation de fait* qui prouve qu'il est *au moins douteux* que Rousseau ait possédé une épinette ou clavecin à l'Ermitage. Dans l'inventaire qu'il fait de son mobilier, il n'en est pas question; bien plus, il s'était ôté ce besoin ou ce plaisir. Je trouve dans une lettre à madame d'Épinay[1] que, *cherchant à convertir en argent tout ce qui lui est inutile*, et sa *musique l'étant pour lui plus que ses livres*, il lui propose de choisir ce qu'elle croira de défaite, se chargeant, lui, de vendre le reste. Dans une autre lettre il la prévient qu'il lui envoie de la musique *qu'il a retrouvée encore*. Comme ces lettres sont dans les *Mémoires* de madame d'Épinay, elles doivent paraître *dignes* de foi.

Enfin, dans les détails minutieux que Rousseau donne de la distribution de son temps et de ses

[1] La lettre n° 100, tom. 18, édit. de Dupont, pag. 251 et 253, lettre 103.

occupations à l'Ermitage, on voit que ses moments étaient partagés entre la promenade, la copie de musique, qu'il continuait toujours, et les travaux littéraires.

Ce ne fut que dans l'automne de la seconde année de son séjour à l'Ermitage, qu'il fit, pour la fête de madame d'Épinay, de la musique et un motet pour la chapelle, qu'on venait d'achever. Son intention secrète était de prouver qu'il savait la musique. On en fut convaincu; mais M. de Sevelinges ne l'est pas, comme nous allons le voir.

17° Rousseau savait-il la musique? Gluck et Grétry n'en doutaient pas. Mais, M. Castil-Blaze ayant dit que, dans son *Dictionnaire*, « Jean-Jacques « prouvait *à chaque pas* qu'il ignorait lui-même « ce qu'il prétendait expliquer, » M. de Sevelinges déclare qu'il *adopte pleinement* cet arrêt. Reste à savoir quels sont les meilleurs juges de Gluck et Grétry, ou de M. Castil. *Non nostrum tantas componere lites.* M. de Sevelinges, convient qu'il y a dans le *Devin du village* quelques chansonnettes qui ne sont pas dénuées de sentiment et de naturel.

18° *Prétentions à l'universalité.* — « Rousseau « sembla quelquefois aspirer à la gloire d'être « universel comme Voltaire. En effet, dans le re- « cueil complet de ses œuvres on trouve une tra- « gédie en trois actes, des comédies, des opéras, « enfin des essais poétiques. »

Pour que cette prétention fort gratuite eût quelque fondement, il faudrait que les *Confessions* n'existassent point, et que Jean-Jacques eût lui-même présidé à la collection de ses œuvres. On voit dans ses *Confessions*, par le langage dédaigneux qu'il tient sur ses comédies et ses essais poétiques, le peu de cas qu'il en faisait. « Je n'ai jamais « trouvé, dit-il, dans la poésie française assez d'at- « trait pour m'y livrer, et probablement j'y aurais « peu réussi. » (*Confessions*, liv. IV.) Il écrivait ces mots en 1766, long-temps après avoir fait les comédies et les essais poétiques dont parle M. de Sevelinges, et que Rousseau regardait comme non avenus. Je n'hésite point à déclarer qu'il ne les eût point compris dans le recueil de ses œuvres; et conclure, de ce qu'on les y a mis, que Jean-Jacques voulut être universel, ce serait s'abuser étrangement.

Éloges de M. de Sevelinges. — On ne s'attendait guère à des éloges. Comment et sous quel rapport louer un voleur, un menteur, un hypocrite, un lâche, un charlatan? c'est un problème difficile à résoudre. Le biographe l'a cependant essayé: sa sévérité doit donner un haut prix à ses louanges. Nous doutons qu'on lui pardonne celle-ci. « Il « faut aussi admettre en Rousseau des qualités na- « turelles et franches qui honoraient son caractère. « Son désintéressement était digne des temps an- « tiques. Vainement osa-t-on l'accuser de recevoir « secrètement par les mains de Thérèse et de sa « mère les cadeaux de tout genre qu'il refusait « en public: il ne soupçonnait même pas les infa- « mies de ces viles créatures..... Ne se sent-on pas « involontairement attendri, quand on voit un

« écrivain, dont les ouvrages enrichissaient tous les « libraires de l'Europe, réduit à ne boire que de « l'eau à l'un de ses repas, pour se procurer le « plaisir de boire un peu de vin pur à l'autre?.... « Rousseau posséda une vertu plus rare encore « chez les auteurs. Jamais il ne laissa percer la « moindre jalousie contre ceux de ses contempo- « rains qui, à la célébrité, joignaient toutes les fa- « veurs de la fortune. En vain La Harpe fait-il « cette phrase sonore : *Rousseau entra dans le « champ de la littérature, comme Marius rentra dans « Rome, respirant la vengeance et se souvenant des « marais de Minturnes.* Jean-Jacques ne se vengea « d'aucun de ses confrères; dans le temps même « où Voltaire l'accablait de mépris et d'invectives, « il ne cessa de rendre un éclatant hommage à ses « talents poétiques.... Peut-on oublier que, si la rai- « son condamne souvent les maximes politiques de « Rousseau, l'humanité du moins n'eut jamais à s'en « plaindre? Partout il prit hautement sa défense. » En ayant la même opinion, nous ne l'avons pas aussi bien exprimée. Mais comment concilier avec cette opinion celle que font naître nécessairement toutes les insinuations dont nous n'avons rapporté qu'une partie? Avec des *qualités naturelles et franches qui honorent le caractère*, le manége supposé dans la lapidation de Motiers-Travers; la prétendue lettre anonyme, etc.; enfin avec le *désintéressement digne des temps antiques*, le doute qu'exprime le biographe en se demandant si *l'aversion de Rousseau pour les bienfaits était sincère, si sa grande colère* contre ceux qui voulaient l'obliger *n'était pas systématique plutôt que réelle?* et en décidant cette question par ces mots : *nous serions tentés de croire que Jean-Jacques s'est calomnié lui-même?*

La *Nouvelle Héloïse* paraît être celui des ouvrages de Rousseau que M. de Sevelinges affectionne le plus. Il termine une critique raisonnable, accompagnée d'éloges, par cette exclamation : « Malheur, « au reste, à qui ne sentirait que les défauts de la « *Julie!* malheur à celui que les beautés de détail « n'affectent pas délicieusement ! » Mais, comme s'il voulait rétracter ce cri du cœur et de la vérité, le critique se hâte d'ajouter en note, sans doute par forme de compensation, cette singulière remarque : je dis singulière, parce qu'il a voulu louer, et qu'il détruit tous les éloges : « Ce livre fameux a dicté ce jugement remarquable, à un écrivain moderne, qui ne peut être soupçonné de prévention contre Rousseau : « Si je voulais carac« tériser Jean-Jacques par un de ses ouvrages, a « dit M. Azaïs, je choisirais la *Nouvelle Héloïse.* Là « se trouvent tous les mouvements de l'ame, portés « à l'extrémité : c'est le *faux*, l'*invraisemblable*, le « *déréglé*, l'*impossible.* » Dans ce que M. Azaïs appelle les mouvements de l'ame, et dont il fait l'énumération, il n'en est pas un de louable : du moment où il les suppose *portés à l'extrémité*, ils sont *déréglés*, conséquemment, c'est la manière d'être de chacun : enfin qu'est-ce que l'*impossible porté à l'extrémité?*

IV. Dans une autre notice de la même *Biographie*

universelle (celle de Saint-Lambert), il est question de Rousseau ; voici dans quels termes : « On ad« met ici pleinement tout ce qui est dit dans l'ar« ticle J. J. Rousseau sur cette époque de la vie de « Saint-Lambert[1]. *Il est hors de doute*, d'après le « témoignage de Diderot, Marmontel, madame « d'Épinay et de *tous les mémoires* contemporains « que Rousseau, par le plus entier oubli des de« voirs de l'amitié, a tenté de supplanter Saint« Lambert dans le cœur de madame d'Houdetot. « Le Genevois en fut pour la honte de ses mau« vais procédés : mais, au lieu de faire oublier ses « torts par le silence, il eut l'impertinence d'écrire « à Saint-Lambert pour le régenter de sa liaison avec « madame d'Houdetot. C'est de cette lettre que « Saint-Lambert dit à Diderot *qu'on n'y répond* « *qu'avec des coups de bâton.* »

On admet *pleinement*: quel est cet *on ?* C'est le biographe. Bien. Pour admettre *pleinement* un fait, il faut avoir étudié les témoignages d'après lesquels on l'établit; avoir pesé leur valeur, afin de connaître le degré de confiance auquel ils ont droit. Cette opération préliminaire une fois faite, on marche, on avance avec la certitude de ne pas outrager la vérité. D'abord le fait qu'*on admet pleinement* est la lettre anonyme dont nous avons parlé dans l'article précédent. Nous n'y reviendrons

[1] Le commencement de sa liaison avec madame d'Houdetot. Le biographe commet une inexactitude, quand il dit que « la vie de « Saint-Lambert fut liée à celle de Jean-Jacques par madame d'Hou« detot. » Rousseau connaissait le premier avant d'avoir vu la seconde.

pas. Arrêtons-nous donc aux témoignages. Remarquez bien cette énumération, qui d'un seul et même témoignage suspect, ou plutôt faux, en fait une demi-douzaine au moins. Car *tous les mémoires contemporains* se réduisent à celui[1] de madame d'Épinay, ou plutôt de M. Grimm, car c'est dans une lettre de celui-ci qu'on trouve ces particularités. Il en faisait part à madame d'Épinay, qui était à Genève, pour achever de la détacher entièrement de Rousseau.

Passons à la lettre, l'une de celles auxquelles *on ne répond que par des coups de bâton.* Quelle est l'autorité sur laquelle s'appuie le biographe? toujours *tous les mémoires*, *Diderot*, *madame d'Épinay*, c'est-à-dire la même lettre précitée de M. Grimm!

Le caractère de Saint-Lambert est assez connu pour qu'on soit obligé de convenir que le moindre effet d'une lettre qui ne méritait que des coups de bâton, était une rupture entière, le mépris et l'oubli : conséquemment, plus de rapports entre l'auteur de la lettre et celui qui l'avait reçue. Or, postérieurement à cette lettre, M. d'Épinay engage Rousseau à dîner chez lui avec des convives qui le désirent : il lui nomme Saint-Lambert et madame d'Houdetot, et comme il pleuvait le jour de cette réunion, il l'envoie chercher dans sa voiture. Toujours postérieurement à cette lettre,

[1] J'ai fait voir combien Marmontel en avait imposé : un rapprochement de date a suffi pour mettre au grand jour sa mauvaise foi. Voyez son article, *Hist. de Rousseau*, dans la *Biographie des contemporains*.

Jean-Jacques fait passer à Saint-Lambert un exemplaire des ouvrages qu'il publie, et en reçoit des billets qui prouvent qu'il avait conservé ses sentiments pour lui. Voilà ce que j'appelle un *fait positif*, qui détruit le prétendu propos de Saint-Lambert, et sert à faire apprécier la véracité de M. Grimm. On voit maintenant comment *il est hors de doute* que Jean-Jacques ait tenu la conduite qu'on lui impute avec tant d'assurance.

Le biographe a malheureusement pris pour autorité, dans tout ce qui a rapport aux amours de Saint-Lambert et madame d'Houdetot, les *Mémoires de madame d'Épinay* : c'est-à-dire (il faut le répéter) un recueil informe de lettres, fragments, journal, portraits, dialogues, dont les personnages ont des noms empruntés; le tout mis en ordre sous le titre de *mémoires*, par un libraire instruit, judicieux, qui, connaissant bien son monde, a fait avec habileté, de l'*ébauché d'un long roman*, un ouvrage plein d'intérêt, mais dans lequel il ne faut pas chercher la vérité, parce que les principaux personnages ne pouvaient avoir l'intention de la dire. Madame d'Épinay voulait enlever Saint-Lambert à madame d'Houdetot; Grimm voulait brouiller Jean-Jacques avec madame d'Épinay et ses amis; l'une échoua dans son projet; l'autre ne réussit que trop dans le sien. Voilà ce qu'il fallait couvrir d'un voile épais, et ce qu'on découvre avec de l'attention; tant la vérité cherche à s'échapper. Nous devons faire admirer l'adresse de Grimm, qui, en conservant ces matériaux dont il devint propriétaire à la mort de madame d'Épinay, les a qualifiés d'*ébauche d'un long roman*. Par ce langage, mettant à couvert son tact, son jugement, si l'on doutait des faits contenus dans cette *ébauche*, il laissait croire qu'il y était entièrement étranger; calculant du reste avec raison que, malgré son avertissement, on croirait toujours, parce qu'on est disposé à croire le mal.

Il serait inutile de relever les articles de la *Biographie universlle* contre Rousseau, puisque tout se retrouve dans sa notice par M. de Sevelinges. C'est un *compendium* où rien n'est oublié.

Pour faire voir qu'il n'y a pas d'exagération de notre part à prétendre qu'on avait saisi toutes les occasions d'attaquer Jean-Jacques, nous allons terminer cet examen par un article, dans lequel celui qui gourmande l'auteur d'*Émile* est, au fond, du même avis sur l'ouvrage d'un personnage célèbre.

Voici ce qu'on lit dans la *Notice* de Larochefoucauld.

« J. J. Rousseau est un de ceux qui se sont élevés le plus fortement contre le système de Larochefoucauld. Il appelle le livre des *Maximes* un triste livre. Mais on expliquera facilement l'humeur du philosophe génevois, *si l'on veut se ressouvenir* que, *dominé par un amour-propre effréné*, il ne vit *peut-être* pas sans chagrin qu'on lui eût surpris un secret qu'il n'avait pas encore songé à révéler. »

Ainsi par ces mots, *si l'on veut se ressouvenir de l'amour-propre effréné* de Rousseau, l'auteur prétend bien que c'est une chose *convenue, incontestable*, et se dispense conséquemment d'en donner la moindre preuve, puisqu'il ne faut qu'un léger effort de mémoire pour se les rappeler toutes: de ce qui est tellement incontestable qu'il ne faut que *s'en ressouvenir*, découle nécessairement une de ces conclusions évidentes, rigoureuses, que non-seulement on ne saurait nier, mais qui ne pourrait être remplacée par aucune autre. Celle du critique est que *Rousseau* « ne vit *peut-être* pas sans chagrin « qu'on lui eût surpris son secret. »

Le *peut-être*, expression du doute et de l'incertitude, laisse croire que le critique n'est pas sûr de son fait: ce qui est fâcheux: car on s'attendait à quelque chose de positif. Quant au sens, il faut, pour le trouver, plus qu'un effort de mémoire. L'auteur veut-il dire que Larochefoucauld avait deviné le secret de Rousseau? alors quel est ce secret? est-ce que l'amour-propre le faisait agir, parler, écrire? ou bien qu'il pensait, comme l'auteur des *Maximes*, que tous les deux avaient le même système? Que Rousseau eût du dépit de voir un de ses contemporains deviner son secret, cela se conçoit; mais il vient un demi-siècle après l'auteur qui le devine, et lit son livre vingt ans avant de prendre la plume!

Il faut que ce pauvre Jean-Jacques soit bien mal dans les papiers du critique, car ils sont *peut-être* du même avis; voyons: que dit Rousseau? « Nous « lisions ensemble La Bruyère: il lui plaisait plus « que Larochefoucauld, livre triste et désolant,

« principalement dans la jeunesse, où l'on n'aime « pas à voir l'homme comme il est[1]. »

Que dit le critique? « On a reproché, et *peut-« être avec raison*, à Larochefoucauld d'avoir em-« brassé un système décourageant et qui flétrit « toutes les vertus. »

Nous prétendons, et *peut-être* avec raison, qu'un *système décourageant* est *triste et désolant*, et que, s'il y a quelque différence, elle ne mérite pas la rigueur avec laquelle on traite Rousseau.

Il s'exprime ainsi dans *Émile*: *Les auteurs ne songent qu'à leur intérêt, dont ils ne parlent pas: l'intérêt, voilà le grand mobile de toutes les actions.* « Cet aveu est précieux, continue le critique, il faut « en convenir, dans la bouche d'un homme qui « avait pris pour devise: *Vitam impendere vero.* Au « surplus ces contradictions ne surprennent point « dans J. J. Rousseau, dont toute la vie ne fut qu'un « long paradoxe. »

Ne dirait-on pas qu'il y a une série de contradictions! tâchons d'en trouver une.

En parlant du principe de Larochefoucauld, Rousseau dit que *dans la jeunesse on n'aime pas à voir l'homme comme il est.* C'est donc convenir qu'au fond il est comme le présente Larochefoucauld, c'est-à-dire que *l'intérêt est le mobile de ses actions.* Jean-Jacques prétend que c'est une vérité *triste et désolante;* le critique dit qu'on a *peut-être raison de trouver le système décourageant.* Voilà certainement trois personnages illustres qui ne sont

[1] *Confessions*, liv. III.

pas loin de s'entendre; seulement Jean-Jacques a l'air de ne pas vouloir qu'on fasse un livre sur une vérité *désolante et décourageante*, et de penser que *toute vérité n'est pas bonne à dire :* ce qui n'empêche pas que lorsqu'on parle, lorsqu'on écrit, il ne faille la dire: seulement on n'est pas toujours obligé d'écrire ou de parler. Je cherche des contradictions, et je n'en vois pas.

Jean-Jacques est de l'avis de Larochefoucauld; le critique dit que Jean-Jacques a *peut-être* raison : aucun des trois n'a tort: il en faut conclure que l'intérêt est le mobile de nos actions; c'est-à-dire que le motif qui nous fait agir nous convient et nous détermine; et c'est ainsi que l'un a fait des maximes, que l'autre a dit qu'elles étaient désolantes, et le critique, qu'on avait *peut-être raison* de prétendre qu'elles étaient *décourageantes*.

« Toute la vie de Rousseau ne fut qu'un *long paradoxe,* » dit le biographe. Madame Necker a prétendu de son côté que Jean-Jacques aimait madame d'Egmont dont *la beauté était un paradoxe ;* il est embarrassant, d'après ces deux exemples, d'arriver à la définition du paradoxe; mais c'est une affaire peu importante, et, puisqu'il est question de paradoxe, je ne puis mieux finir que par cette pensée de Pascal apostrophant la faculté dont l'homme s'enorgueillit le plus : « Humiliez-vous, raison imbécile : connaissez, superbe, quel *paradoxe* vous êtes à vous-même. »

www.ingramcontent.com/pod-product-compliance
Ingram Content Group UK Ltd.
Pitfield, Milton Keynes, MK11 3LW, UK
UKHW020956180726
13838UKWH00003B/1357

9 782329 381046